史街拾墨

庹震 著

新 星 出 版 社　NEW STAR PRESS

目录

1 / 序言

第一辑　文苑微语

3 / 笔心	40 / 文品	71 / 敌戒
5 / 言外	43 / 得人	73 / 进步
9 / 远益	45 / 祸害	75 / 生死
12 / 史识	47 / 画境	77 / 得失
14 / 取舍	49 / 眼界	79 / 史思
18 / 青山	52 / 分合	81 / 志向
21 / 警言	54 / 悲剧	83 / 简始
24 / 悟渡	57 / 胜败	85 / 树根
27 / 功底	60 / 长短	87 / 转化
29 / 大账	63 / 真言	89 / 原本
31 / 文路	66 / 学问	91 / 定律
35 / 超越	69 / 人物	93 / 忧患

95 / 知从	129 / 真情	164 / 演进
97 / 警训	132 / 家园	166 / 时空
100 / 文德	134 / 疗伤	169 / 勇气
103 / 纵横	138 / 墨润	171 / 视角
107 / 公论	141 / 发现	173 / 前后
110 / 清者	143 / 主流	175 / 怀忧
113 / 比较	145 / 爱民	177 / 悟见
115 / 败因	148 / 境界	180 / 疑信
118 / 任才	151 / 远虑	182 / 认识
121 / 镜鉴	154 / 史家	184 / 道涵
123 / 凡圣	157 / 机会	186 / 熟读
126 / 痕印	159 / 正视	189 / 齐全

第二辑 《论语》读悟点滴

193 / 缘起　　218 / 和贵　　239 / 道论

198 / 成人　　220 / 人距　　241 / 困境

200 / 孤独　　221 / 因果　　243 / 禄源

202 / 士者　　223 / 远近　　245 / 三木

204 / 从众　　225 / 天则　　247 / 义理

206 / 君子　　227 / 兴败　　249 / 职位

208 / 政者　　229 / 家国　　251 / 德邻

210 / 儒解　　231 / 数解　　253 / 唐棣

212 / 山水　　233 / 贫富　　255 / 益损

214 / 表白　　235 / 门徒　　257 / 智者

216 / 隐藏　　237 / 岁寒

259 / 后记

序言

史街上的回声，在许多时候，不是当时人所能准确而清晰地听到的。离得太近，甚至身在其中，反而听不到内力与外力间撞击的鸣响。"熟悉"中的"陌生"，是一种常见的现象；而一些事物的利弊得失短长，显现起来，也有一个过程。

历史长河，静水深流，止而思动。人世间许多人，许多事，许多现象，"见"之"不识"，"见"之"初识"，"见"之"深识"，"见"之"大识"，差异是免不了的。从"不识"，到"初识"，再到"深识"、"大识"，常常"穷尽一生"也无法完成。人生苦短，愈加求索，愈知"苦短"之滋味。

由"认"而"识"，这一过程很漫长，几十年，或几百年、上千年。于是，也就出现了从前投下的"石块"，隔了很多年，或许多代，才落入"水中"，发出咚咚的声响。因而，看人论事议物，眼界须广远，心胸须宽阔。

对某一时点上的人来讲，无法自选所处的时代，只能是在具体的时点和空间的客观条件下，面对现实问题和矛盾，即时即刻做出某些决策。"急症急治"的有，"慢病慢治"的有。效果和影响，于当时可见可现可评可议的，只是一部分。而其他的部分，则隐延于后，需挨些时日，才会渐显出来，形成事物运行的完整轨迹。

"不忙于下结论"，史学家看历史人物，往往很冷静，很沉得住气，这是史学研究的需要，更是准确、客观、全面评价历史人物、历史事件的需要。历史人物的言行，"出于一时"，而作用力和影响力"延伸于后"。历史事件的出现，"发于一时"，而作用力和影响力，同样会"延伸于后"。

"看准了再说"、"想好了再做"，这是一种理想境界。对历史人物而言，在所处时点上和空间里只能于相对的状态做出选择，不能强求句句正确，件件得当。一时正确，不见得永远正确；一时得当，不见得长久得当。谋一时之利，言一时之理，易；谋长远之益，言恒久之理，难。站在这个方向看，近忧与远虑，能够兼济而统筹解治，是最为可贵的。

从史街上的回声，想到了更多的层面。人类从故往的艰难困苦中来，又将不断经受并战胜新的艰难困苦而翻开新篇新页。风霜雪雨虽难免除,但晴朗温暖的日子,总是大多数。这回声里,有叹息,亦有喝彩;有警醒,亦有激励。倾听史街的回声,益处颇多。史街的回声或于当时可以听见,或是延时而鸣响,不管怎样,人类能够听到所有的回声而获益……或早或晚似乎已不重要了。

第一辑　文苑微语

笔心

> 司马迁著史，笔到之处，心早已到。而他心到之处，千百年后，读其文者未必能够完全领略和感知。《太史公自序》即是一个例子。

司马迁著史，笔到之处，心早已到。而他心到之处，千百年后，读其文者未必能够完全领略和感知。《太史公自序》即是一个例子。由此还想到《史记》的谋篇布局，想到《史记》中的粗细轻重，想到《史记》中的高低长短，想到《史记》中的详略浓淡，想到《史记》中的事件人物……"史迹"中可寻见的史家"心迹"又有多少呢？司马迁在这篇文章中，用相当篇幅讲孔子作《春秋》的用意，即"拨乱世，反之正"。同时还表明《史记》不同于《春秋》，没有"采善贬恶"之意，且大力歌颂了"当世之治"。这种"绕来绕去"的笔法，无非是为了既能躲避政治迫害又要借古讽今，使

《史记》成为一面针砭时弊的镜子。司马迁在此文中一口气讲了周文王、孔子、屈原、左丘明、孙膑、吕不韦、韩非等人的遭遇与作为，列出了《周易》《春秋》《离骚》《国语》《孙子兵法》《吕氏春秋》《说难》《孤愤》等作品，落笔的话是："此人皆意有所郁结，不得通其道，故述往事，思来者。"这些过去之人，虽然每个人的遭遇境况不完全一样，但在司马迁看来，不同时代的此类人，有共同之处，那就是能够在逆境中保持气节，忧国忧民，力陈主见，以文示世，表达出自己内心世界对时事的真情实感。钱穆先生曾讲过："若先只读《太史公自序》，愈读愈会有兴趣，有了兴趣自会有聪明有见解。"读《史记》，不读《太史公自序》不行，这是此书的入门处。

言外

> 文中李商隐未写出自己的议论,也没有对李贺的直接赞语,更未见为李贺鸣不平之声,然而,李商隐在文中贯通着自己的真情实感,悲愤、惋惜、哀痛、怀念,尽在不言中。

李贺的诗文,可谓大气磅礴。李贺的人生经历,更是一曲悲歌。

杜牧在《李长吉歌诗》的序言中,状长吉之奇甚尽:"云烟绵联,不足为其态也;水之迢迢,不足为其情也;春之盎盎,不足为其和也;秋之明洁,不足为其格也;风樯阵马,不足为其勇也;瓦棺篆鼎,不足为其古也;时花美女,不足为其色也;荒国陊殿,梗莽邱垄,不足为其怨恨悲愁也;鲸吸鳌掷,牛鬼蛇神,不足为其虚荒诞幻也。"

李商隐从杜牧为李贺诗文作序说起,另写了一篇传记精品。李商隐笔下的《李贺小传》是一篇让人读了心灵震撼的妙文。文从"小处"入手,讲的是传闻逸事,以侧面烘托为主,将李贺的创作精神凸现出来。从"人间"写到了"天际",突出了李贺其人其学之"奇"。二十几个春秋,太短暂了。在这短暂的人生中,诗人的成就,诗人遭受的诋毁,诗人贫寒的家境,交织成一场悲壮的活剧。李商隐在文尾感叹万分,他写道:"呜呼!天苍苍而高也,上果有帝耶?帝果有苑囿、宫室、观阁之玩耶?苟信然,则天之高邈,帝之尊严,亦宜有人物文采愈此世者,何独眷眷于长吉而使其不寿耶?噫,又岂世所谓才而奇者,不独地上少,即天上亦不多耶?长吉生二十七年,位不过奉礼太常,时人亦多排摈毁斥之,又岂才而奇者,帝独重之,而人反不重耶?又岂人见会胜帝耶?"

李商隐笔下的两则逸事,是真是假并不重要,重要的是这逸事在李贺身上,人们完全可以理解。

逸事一:

> 长吉细瘦,通眉,长指爪。能苦吟疾书,最先为昌黎韩愈所知。所与游者,王参元、杨敬之、权璩、

崔植辈为密。每旦日出与诸公游，未尝得题然后为诗，如他人思量牵合，以及程限为意。恒从小奚奴，骑距驴，背一古破锦囊，遇有所得，即书投囊中。及暮归，太夫人使婢受囊出之，见所书多，辄曰："是儿要当呕出心乃已尔！"上灯，与食，长吉从婢取书，研墨叠纸足成之，投他囊中。非大醉及吊丧日，率如此。过亦不复省。王、杨辈时复来探取写去。长吉往往独骑往还京、洛。所至或时有著，随弃之，故沈子明家所余，四卷而已。

这是"奇才"之"奇文"所出的写照。"苦吟疾书"，李贺做到了什么程度，这里讲得活灵活现，栩栩如生。

逸事二：

长吉将死时，忽昼见一绯衣人，驾赤虬，持一版，书若太古篆或霹雳石文者，云：当召长吉。长吉了不能读，欻下榻叩头，言："阿䎸老且病，贺不愿去。"绯衣人笑曰："帝成白玉楼，立召君为记。天上差乐，不苦也！"长吉独泣，边人尽见之。少之，长吉气绝。常所居窗中,勃勃有烟气,闻行车嚖管之声。太夫人急止人哭,待之,如炊五斗黍许时,长吉竟死。

这是"奇人"之"奇死"的过程。人物传记,详在何处,略在哪里,正面直笔还是侧面衬托,李商隐找到了一条独特的路子。文中李商隐未写出自己的议论,也没有对李贺的直接赞语,更未见为李贺鸣不平之声,然而,李商隐在文中贯通着自己的真情实感,悲愤、惋惜、哀痛、怀念,尽在不言中。

远益

> 作为"永贞革新"的骨干人物,刘禹锡的一生,长期遭排斥、贬责和打击,但他意志如钢,坚强不屈,如冬雪中迎风屹立的劲松,透出一种政治家不畏近辱而求远益的博大胸怀。

《刘禹锡传》有两个版本,一个在《新唐书》中,一个在《旧唐书》中。两个版本,均有贬有褒,从文章诗词到为官为人,评价上不算"平坦"。

作为一个引人注目的人物,刘禹锡的《天论》三篇和《刘梦得文集》更让后人回味。唐德宗贞元间进士,监察御史,朗州司马,连州刺史,太子宾客,加检校礼部尚书……官场的起起伏伏,对刘禹锡而言,并不是流芳百世的根因。刘禹锡让人忘不了的,恰是其诗、其文、其诗魂、其文华。"杨柳青青江水平,闻郎江上唱歌声。东边日出西边雨,道是无晴却有晴"、"汴水东流虎眼纹,清淮晓色鸭头春。君看渡口淘沙处,渡却人间多少人"——如此诗句,显其文采,更显其人生意气。

据《新唐书》载:"宪宗立,叔文等败,禹锡贬连州刺史,未至,斥朗州司马。州接夜郎诸夷,风俗陋甚,家喜巫鬼,每祠,歌《竹枝》,鼓吹裴回,其声伧儜。禹锡谓屈原居沅、湘间作《九歌》,使楚人以迎送神,乃倚其声,作《竹枝辞》十余篇。于是武陵夷俚悉歌之。"刘禹锡的诗词,名篇佳作中,浸润着某种特殊的生活气息,这气息中,也散发出丝丝忧郁而清淡的余味。

给刘禹锡引来祸患的诗,是两首"玄都观"诗——《元和十年,自朗州承召至京,戏赠看花诸君子》和《再游玄都观绝句并引》。

前一首与后一首相隔十四年。然而,这两首诗,都引来了麻烦。且看前一首:"紫陌红尘拂面来,无人不道看花回。玄都观里桃千树,尽是刘郎去后栽。"这首诗被认为是以桃树比喻"永贞革新"后新上来的权贵,"语涉讥刺",使"当路者不喜",刘禹锡因此被再贬远郡播州。

后一首的序及诗,更"出格"了:"居十年,召至京师。人人皆言,有道士手植仙桃满观,如红霞,遂有前篇,以志一时之事。旋又出牧。今十有四年,复为主客郎中,重游玄都观,荡然无复一树,惟兔葵、燕麦动摇于春风耳。因再题二十八字,以俟后游。诗曰:百亩庭中半是苔,桃花净尽菜花开。种桃道士归何处?前度刘郎今又来。"诗作既出,反弹遂起。"以诋权近,闻者益薄其行。"

两首小诗,不过几十个字,却深深刺痛了当时的权贵。刘禹锡也因之仕途受挫。作为"永贞革新"的骨干人物,刘禹锡的一生,长期遭排斥、贬责和打击,但他意志如钢,坚强不屈,如冬雪中迎风屹立的劲松,透出一种政治家不畏近辱而求远益的博大胸怀。

史识

"事显而义浅",作为历史事件的记载,较完整地叙述事件的来龙去脉,把事件"原貌"尽可能详尽地"保留"下来,是"正业",而分析"因果"、"得失",若无,不足责备;若有,则更为可贵。

《廿二史札记》"小引"中,作者赵翼写道:"闲居无事,翻书度日。而资性粗钝,不能研究经学,惟历代史书,事显而义浅,便于浏览,爰取为日课,有所得,辄札记别纸,积久遂多。惟是家少藏书,不能繁征博采以资参订。"此小引作于乾隆六十年(公元1795年)三月。从赵翼的谦虚之词中,看出了他的研究重心仍是史学。

"事显而义浅",作为历史事件的记载,较完整地叙述事件的来龙去脉,把事件"原貌"尽可能详尽地"保留"下来,是"正业",而分析"因果"、"得失",若无,不足责备;若有，则更为可贵。

"事显而义浅"，于历史各类记载，"分工"使然。史家可分为三类，一类为"同步录史"，二类为"事后考史"，三类为"纵横论史"。三类史家，各有侧重，均为史林所不可或缺。能胜任其一，则可；兼有其二，则可贵；兼有其三，则为难得。"同步录史"，是当代人写当代的事；"事后考史"，是后代人追溯前人的足迹；"纵横论史"，则是由"事"及"因"，由"表"及"里"，"钻进去"而又能"跳出来"。赵翼的《廿二史札记》便属于"纵横论史"的佳作。论史者，知识必须渊博，必须掌握充分的"史料"，同时能够有辨识、甄别的能力和水平，从众说纷纭中形成自己的独见别识。

李保泰为赵翼《廿二史札记》所作的序中写道："经者治之理，史者治之迹。三代以上明于理而经立，三代以下详于迹而史兴。世愈积，事愈多，其于天下之情变，古今之得失，盖有不可枚举者矣。"这里，李保泰讲了"经"与"史"、"理"与"迹"之关系，也算是一种精辟见解。其实，"经"与"史"也无法截然分开。许多的"治之理"，出于"治之迹"。"经"与"史"，不仅共生同存，有时还处于一种互动状态。只不过是经学家见"经"，史学家见"史"而已。

李保泰的序，写于清嘉庆五年（1800年）五月，赵翼《廿二史札记》写成于清乾隆六十年（1795年）三月。

取舍

　　史学家录史，最难于有限的篇幅内准确"概括"史街上曾经走过的人。对某一历史人物，讲述其生平事迹，重要的和不重要的，主干的和枝节的，有代表性的和无代表性的，甄辨、选择的功夫深浅，经常考验着史学家。

　　在《史记·管晏列传》中，司马迁对管仲的记述，"取"之道，"舍"之法，体现出了他的人物写作手法之神奇：

　　管仲夷吾者，颖上人也。少时尝与鲍叔牙游，鲍叔知其贤。管仲贫困，常欺鲍叔，鲍叔终善遇之，不以为言。已而鲍叔事齐公子小白，管仲事公子纠。及小白立为桓公，公子纠死，管仲囚焉。鲍叔遂进管仲。管仲既用，任政于齐，齐桓公以霸，九合诸侯，一匡天下，管仲之谋也。

管仲曰："吾始困时，尝与鲍叔贾，分财利多自与，鲍叔不以我为贪，知我贫也。吾尝为鲍叔谋事而更穷困，鲍叔不以我为愚，知时有利不利也。吾尝三仕三见逐于君，鲍叔不以我为不肖，知我不遭时也。吾尝三战三走，鲍叔不以我为怯，知我有老母也。公子纠败，召忽死之，吾幽囚受辱，鲍叔不以我为无耻，知我不羞小节而耻功名不显于天下也。生我者父母，知我者鲍子也。"

鲍叔既进管仲，以身下之，子孙世禄于齐，有封邑者十余世，常为名大夫。天下不多管仲之贤而多鲍叔能知人也。

管仲既任政相齐，以区区之齐在海滨，通货积财，富国强兵，与俗同好恶。故其称曰："仓廪实而知礼节，衣食足而知荣辱。上服度，则六亲固。四维不张，国乃灭亡。下令如流水之原，令顺民心。"故论卑而易行。俗之所欲，因而予之，俗之所否，因而去之。

其为政也，善因祸而为福，转败而为功，贵轻重，慎权衡。桓公实怒少姬，南袭蔡，管仲因而伐楚，责包茅不入贡于周室。桓公实北征山戎，而管仲因而令燕修召公之政。于柯之会，桓公欲背曹沫之约，管仲因而信之，诸侯由是归齐。故曰："知与之为取，政之宝也。"

管仲富拟于公室，有三归、反坫，齐人不以为侈。管仲卒，齐国遵其政，常强于诸侯。

史学家录史，最难于有限的篇幅内准确"概括"史街上曾经走过的人。对某一历史人物，讲述其生平事迹，重要的和不重要的，主干的和枝节的，有代表性的和无代表性的，甄辨、选择的功夫深浅，经常考验着史学家。水平高低如何，"叙"见其长短，"议"亦见其长短。写管仲，此文甚妙。妙在何处？司马迁先是在管仲身边"加"了一个人物——鲍叔牙，等于立了一面"镜子"，使管仲的形象"立体化"了。司马迁"摘"了管仲两段话——一段话中管仲叙述了与鲍叔牙之情谊，刻画了他看重什么和不看重什么；一段话中管仲讲了他的安邦抚民之道："仓廪实而知礼节，衣食足而知荣辱。上服度，则六亲固。四维不张，国乃灭亡。下令如流水之原，令顺民心。"这段话，讲了"富国富民"，讲了"法度规则"，讲了"政令畅通"，"论卑而易行"。管仲帮助齐桓公称霸的几件事，虽然件件是"点到为止"，但看出了管仲知人善任、运筹帷幄之能力。

尤令人回味的，是传文的落笔结尾："管仲富拟于公室，有三归，反坫，齐人不以为侈。管仲卒，齐国遵其政，常强于诸侯。"

司马迁笔下，《史记》中的不同人物彰显着不同的个性。管仲这个人，知名度大，要写好很不容易。司马迁做到了避俗求新，也做到了"画龙点睛"，更做到了"一滴水见太阳"。

青山

> 劳动大众，在历史上留下姓名者甚少，"芸芸众生"，生活"平平淡淡"。正是这一群体，"惯看秋月春风"，任凭诸多所谓"英雄"，"后浪推前浪"，见惯而不怪。

《三国演义》中第一回卷首，有《临江仙》一词，全文如下："滚滚长江东逝水，浪花淘尽英雄。是非成败转头空。青山依旧在，几度夕阳红。白发渔樵江渚上，惯看秋月春风。一壶浊酒喜相逢。古今多少事，都付笑谈中。"这算一首"拿得起，放得下"的"史诗"。令人叫绝的是"白发渔樵江渚上，惯看秋月春风"一句。"渔樵"者，劳动大众也。劳动大众，在历史上留下姓名者甚少，"芸芸众生"，生活"平平淡淡"。正是这一群体，"惯看秋月春风"，任凭诸多所谓"英雄"，"后浪推前浪"，见惯而不怪。"芸芸众生"者何？"青山"

也。"天下大势，合久必分，分久必合"，这是《三国演义》中的经典之句。孟子曾语："天下之生久矣，一治一乱。"这种"循环"，似是"历史规律"。事物的重复，必有其"内在联系"和"外在因素"。简单的历史循环论，会落入历史虚无主义，而忽视政治家治国安邦所起到的作用，忽视人间正道的力量。

"分"与"合"，于历史长河中，是无法避免的两个极端的"结果"。但在"分"与"合"这二者之间，"距离"长短、直平、弯曲，是不一样的。不同时代，短则几年，长则数百年，有分有合，但不尽相同。人们常用"物是人非"这句话，说明社会规律和自然规律之伟奇与无情。伟奇之力量，源于社会和大自然本身。无情之取舍，亦根于社会和大自然本身。作为"明世理者"，必然会看清这一真切的事实。清醒地看到这事实，便会胸襟开阔，眼界非凡。

其实，在"英雄"与"渔樵"间，有着真正的内在渊源。"青山"若在，江水不枯。江水不枯，方有"浪花"飞溅。"秋月春风"何时来，"大自然"的能量，藏于"芸芸众生"之中，何时"隐"与"现"，由"人间正道"来决定。凡一政权，维护了"芸芸众生"的根本利益则存，反之则亡。"治"与"乱"，是"结果"，而最终酿造结果的，不是少数的"英雄"们，而是千千万万个"渔樵"。

往宽远处讲，"英雄"也不是从天上"掉"下来的，不是从石缝中"蹦"出来的，"英雄"来自于"芸芸众生"之中。正如曹操《步出夏门行·观沧海》所言："日月之行，若出其中；星汉灿烂，若出其里。"

警言

　　著书撰文之最高境界——融忧国忧民爱国爱民之思虑情愫于字里行间,超越了官民之别、官商之分、官军之域,亦超越了此朝彼代、此国彼邦,实在非普通意义上之文人墨客。

　　由一句诗文,而能让人想到作者的名字,范仲淹居其一。范敬宜先生写了杂文《到海得清无》,读后令人叹服。这篇文章写道:"北宋名臣范仲淹善文,一句'先天下之忧而忧,后天下之乐而乐',传诵千古;但是范仲淹还善诗,则知者不多。其实范仲淹的诗不但写得好,而且写得多,收入宋刻《范文正公集》的诗赋就有二百六十八篇(首),其中多为警世之作。""最近重读范诗,对其中一首《瀑布》吟诵再三,生发许多感叹。全诗如下:'迥与众流异,发源高更孤。下山犹直在,到海得清无?势斗蛟龙恶,声吹雨雹粗。晚来云一色，诗句自成图。'"

范敬宜先生写道："八句之中，前四句是重点。大意是：迥然不同于寻常溪流的瀑布，从高山之巅直泻而下的时候，是何等气势，何等清直，可是经过千回百转，流入大海时，不知是否还能保持自己的清纯不污？"

范敬宜先生文尾言道："请君一读范公诗，永如瀑布直且清！"

品读范敬宜先生的这篇杂文，也咀嚼了范仲淹的这篇诗文，总觉得历经千年后，两个人的心很近。范仲淹生于公元989年，卒于公元1052年，祖籍江苏吴县，是范敬宜先生的先祖。作为北宋初期著名的政治家、军事家和文学家，范仲淹的一生很有成就，但这并不意味着他的人生旅途坦顺。范仲淹二十六岁中进士步入仕途，六十三岁病亡于徐州，他倡导的"庆历新政"，在闪耀光芒后旋即败落。其为官之途，在邓州、杭州、青州……而为诗为文之途，于《范文正公集》中，驰骋千里万里，无有疆界。六十三个春秋，实在是短暂，而千百年来，范仲淹声名日隆，身后久远。

范仲淹不仅推动了北宋的诗文革新运动，更为后来人著书撰文倾力于思想内质树立了典范。著书撰文之最高境界——融忧国忧民爱国爱民之思虑情愫于字里行间，超越了官民之别、官商之分、官军之域，亦超越了此朝彼代、此国彼邦，实在非普通意义上之文人墨客。

由范敬宜先生这篇杂文，想到了更多一层：世世代代，代代世世，人生匆匆，匆匆人生。人皆有生死，离去之时，哪怕曾有一句精粹警言传于后人，也比留下金山银山重要。

范仲淹在《剔银灯·与欧阳公席上分题》中写道："昨夜因看蜀志，笑曹操孙权刘备。用尽机关，徒劳心力，只得三分天地。屈指细寻思，争如共、刘伶一醉？人世都无百岁。少痴騃，老成尪悴。只有中间，些子少年，忍把浮名牵系？一品与千金，问白发、如何回避？"这一番话，说得相当彻底，"放下"了能"放下"的一切。正因为这种"放下"，范仲淹拥有了诗文上的建树和仕途上的口碑。

悟渡

"渡者言近道",这个"道"又有多少人真正"悟"透了呢?《小港渡者》于"小中见大",于"平淡"处凸现"隆起",实属文中上品。

周容《小港渡者》一文,读来滋味深长:

庚寅冬,予自小港欲入蛟川城,命小奚以木简束书从。时西日沉山,晚烟萦树,望城二里许,因问渡者:"尚可得南门开否?"渡者熟视小奚,应曰:"徐行之,尚开也;速进,则阖。"予愠为戏。趋行及半,小奚仆,束断书崩。啼未即起,理书就束。而前门已牡下矣。

予爽然,思渡者言近道。天下之以躁急自败,穷暮而无所归宿者,其犹是也夫!其犹是也夫!

此文讲的"庚寅",指的是清顺治七年,即公元1650年。蛟川城,今属江苏省宜兴市境。从字面上看,作者是在讲"真人真事"。细琢磨,背面的"潜台词"是"另有所指"。

周容,生于明万历四十七年(1619年),卒于清康熙十八年(1679年)。他的一生,一脚尚在明末,一脚已跨进清初,既看到了一个旧时代的结束,也经历了一个新时代的到来。尽管他心灵深处充满了反清复明的冲动,然而,逆流而动只会增加自伤和遗恨。《小港渡者》一文,虽然字里行间透着一股反清复明的情绪,但作为一篇自述式的寓言,告诉后人的,是"欲速则不达"的深意大理。

"欲速则不达",无论古人,还是今人,乃至后人,知此"成语"者不在少数。然而,在"旅途"中吃了亏,跌了跟头的人,过去不曾断过,今后还会有。想来人生的路,弯弯曲曲不说,坎坎坷坷不言,风风雨雨不论,而最让人悔恨的,往往是倒在了不该摔倒的地方。作为一种省悟,周容在给自己"上课",也在给后人敲警钟。"渡者言近道",这个"道"又有多少人真正"悟"透了呢?《小港渡者》于"小中见大",于"平淡"处凸现"隆起",实属文中上品。

世上万物,看似纷纷纭纭,来来去去,实则是有内在规律和关联性的。元代诗人萨都剌《早发黄河即事》中有"河源天上来,趋下性所由"之句,讲得直白而富有哲理。"欲速则不达",就是一条由无数的实例反复印证的规律之言。

功底

对历史问题和历史现象，仅看其"表象"，仅见其"皮毛"，仅知其"一二"，恐难认清真正的"主因"和"内核"。透过现象看本质，是史学家的基本功。

赵翼《廿二史札记·卷三》中，有一篇目，叫《王莽之败》，读来给人启发。

在赵翼看来，王莽并非"狡诈之徒"，实属"愚人"；也并非是因篡汉而败，是"新政"失人心而败。赵翼说："人但知莽之败，由于人心思汉，而不知人心之所以思汉，实莽之激而成之也。"王莽上台之初，"天下虽未忘前朝，而亦且安于新政，未必更有发大难之端，起而相抗者"。问题并不出在"人心思汉"上，而出在王莽采取的一系列荒唐举措和政策上。不论对内，还是对外，王莽都走了一步又一步的"错棋"。最终，"结怨中外，土崩瓦解，犹不以为虞。但锐意于稽古之事，以为制定则天下自平，乃日夜讲求制礼作乐，附会六经之说。不复省政事，制作未毕而身已为戮矣。此其识真三尺童子之不若"。

赵翼的观点，与骂王莽的诸多观点比，更平实、客观，点到了"王莽新政"的要害上。对王莽，说"同情"的话，会招来一大堆的责怪，而找他的"毛病"，人们并不反对。问题的关键，是应该准确地诊断"毛病"到底出在哪里。"见识浅"，是史学家大忌。对历史问题和历史现象，仅看其"表象"，仅见其"皮毛"，仅知其"一二"，恐难认清真正的"主因"和"内核"。透过现象看本质，是史学家的基本功。赵翼的评价，是明智的，更是公道的。王莽之败亡，的确不是"对手"所为，而是一种"自残自杀"式的败亡。中外历史上，结束一朝开辟新政者，非从王莽始，亦非到王莽终，然而，"成者"不少。分析"成者"成功之因，"外在"的因素虽不容忽视，如"对手"力量不够强大等，但从根本上讲，新政顺应了历史大潮，比旧政更得人心是关键。从这个意义上讲，赵翼眼中的王莽，是更加真实的王莽。

大账

> 看曹操的功过,很少有人把他的诗文放在"大账"上,因为,对曹操这个人而言,"惊天动地"的事情太多了。其实,从他的诗文中,更易见其心志和品德。

看曹操的功过,很少有人把他的诗文放在"大账"上,因为,对曹操这个人而言,"惊天动地"的事情太多了。其实,从他的诗文中,更易见其心志和品德。骂"曹贼"者,是哪些人呢?不少是站在刘汉集团利益上的人。而公正地看曹操,见其功亦不忘其过,才符合历史的真实。

欲全面认识曹操,知其行,也需知其言。曹操属帝王将相之列,也立于文苑大家之林。他生于"乱世末局",堪称是"乱世英豪"。他不仅是政治家、军事家,亦是文学家、诗人。曹操之功,大于其过。仅统一中国北方这一条,当是大功。其文其诗，又属大家。就曹操的文韬武略，鲁迅先生于1927年在《魏晋风度及文章与药及酒之关系》中曾有这样的评价："其实，曹操是很有本事的人，至少是一个英雄，我虽不是曹操一党，但无论如何，总是佩服他。"毛泽东对曹操之诗文，也是厚爱有加。1954年，毛泽东曾讲："我还是喜欢曹操的诗。气魄雄伟，慷慨悲凉，是真男子，大手笔。"从鲁迅到毛泽东，他们的赞扬，早已超出曹诗的范围了。

曹操《步出夏门行·龟虽寿》一诗，就颇显英武豪情："神龟虽寿，犹有竟时；腾蛇乘雾，终为土灰。老骥伏枥，志在千里；烈士暮年，壮心不已。盈缩之期，不但在天；养怡之福，可得永年。幸甚至哉，歌以咏志。"这种豪情，这种气概，何人可比？

此诗流传甚广，原因在于曹操诗文的风骨异于寻常。诗言志，诗亦抒情。曹操之诗，言大志，抒豪情，含有极深刻的人生哲理。"盈缩之期，不但在天；养怡之福，可得永年。"世间万物，盛盛衰衰，生生死死，虽然各有不可抗拒之规律，然而人并非无所作为。人的精神状态，人的修养心身之道，于大自然面前，具有一定的功力。这功力，显示着无限的人生价值。与"生死有命，富贵在天"这种人生哲学比，曹操的人生哲学，给人以积极向上的鼓舞。

文路

　　客观上讲,"仕途"与"文路",应该是两码事。但从陶渊明到赵翼,再往更多的古人去看,曲折多变的仕途,恰恰激发了一批本有文化功底的人专心致志于文化苦旅。其一时免不了有些失落失意,但最后的收获,竟十分可观。

　　陶渊明之《归去来兮辞》,写于公元406年,时年四十一岁。陶渊明八岁丧父,家境窘困,步入仕途后,一直任地方小吏,曾任的最高官职是彭泽县令。上任两个来月,忽一日,郡里督察属县政绩的官员要来"考察"。属员告诉陶渊明,上面来人,应当衣冠整齐,盛情接待。陶渊明很不高兴地说:"吾不能为五斗米折腰,拳拳事乡里小人邪!"于是挂印离职,写下了《归去来兮辞》回到了家乡。《归去来兮辞》全文如下:

归去来兮，田园将芜胡不归？既自以心为形役，奚惆怅而独悲？悟已往之不谏，知来者之可追。实迷途其未远，觉今是而昨非。舟摇摇以轻飏，风飘飘而吹衣。问征夫以前路，恨晨光之熹微。

乃瞻衡宇，载欣载奔。僮仆欢迎，稚子候门。三径就荒，松菊犹存。携幼入室，有酒盈樽。引壶觞以自酌，眄庭柯以怡颜。倚南窗以寄傲，审容膝之易安。园日涉以成趣，门虽设而常关。策扶老以流憩，时矫首而遐观。云无心以出岫，鸟倦飞而知还。景翳翳以将入，抚孤松而盘桓。

归去来兮，请息交以绝游。世与我而相违，复驾言兮焉求！悦亲戚之情话，乐琴书以消忧。农人告余以春及，将有事于西畴。或命巾车，或棹孤舟。既窈窕以寻壑，亦崎岖而经丘。木欣欣以向荣，泉涓涓而始流。羡万物之得时，感吾生之行休！

已矣乎！寓形宇内复几时，曷不委心任去留？胡为乎遑遑欲何之？富贵非吾愿，帝乡不可期。怀良辰以孤往，或植杖而耘耔。登东皋以舒啸，临清流而赋诗。聊乘化以归尽，乐乎天命复奚疑！

在"官"与"文"之间,陶渊明官不显而文著。当上县令,也只两个来月,且主动弃职。于文章,陶渊明则进入了非凡的意境。这意境,集山水景致、闲暇气息、文人风骨、处世哲理于一体,脱俗新颖,自树典范。

由此文,想到了清朝赵翼的《书怀》诗。

赵翼于乾隆二十六年(1761年)考中进士,作为官员,有政绩,也有政声,但算不上显赫卓著。为了研究学问,他请辞官归去,再未复出。二首《书怀》诗表达了赵翼的心境,诗中写道:

> 少贱苦穷饿,求官借饘粥,及夫仕宦成,又想林下福。此意殊不良,未可对幽独。其如才分劣,自审久已熟。同乎俗吏为,吾意既不欲;异乎俗吏为,吾力又不足。是以讪然止,中岁返初服。敢援老氏诫,谓知足不辱。庶附风人义,坎坎歌伐辐。

> 既要做好官,又要作好诗。势必难两遂,去官攻文词。僮仆怨其癖,亲友笑其痴。且勿怨与笑,吾自有主持。一支生花笔,满怀镂雪思。以此溷尘事,宁不枉有之。何如拥万卷,日与古人期。好官自有人,岂必某在斯。

从陶渊明到赵翼，中间隔了一千三百多年，然而都走了弃官从文之路。客观上讲，"仕途"与"文路"，应该是两码事。但从陶渊明到赵翼，再往更多的古人去看，曲折多变的仕途，恰恰激发了一批本有文化功底的人专心致志于文化苦旅。其一时免不了有些失落失意，但最后的收获，竟也十分可观。

陶渊明的"悟已往之不谏，知来者之可追"、"实迷途其未远，觉今是而昨非"，与赵翼的"既要做好官，又要作好诗。势必难两遂，去官攻文词"、"何如拥万卷，日与古人期"，表达的深浅虽不同，意思却一致。两个人都知道，"丢掉"了什么，"得到"了什么，乐其失，亦乐其得，得失皆乐在其中。

超越

两位作者，写的并非只是亭台楼阁，真真切切是在"借题发挥"，以瑰丽之神笔，于些许伤感中，透露治世之理，宣扬治乱之道。

杜牧《阿房宫赋》与范仲淹《岳阳楼记》"对比"着读，很有意味。先看《阿房宫赋》全文：

六王毕，四海一。蜀山兀，阿房出。覆压三百余里，隔离天日。骊山北构而西折，直走咸阳。二川溶溶，流入宫墙。五步一楼，十步一阁。廊腰缦回，檐牙高啄。各抱地势，钩心斗角。盘盘焉，囷囷焉，蜂房水涡，矗不知其几千万落。长桥卧波，未云何龙？复道行空，不霁何虹？高低冥迷，不知西东。歌台暖响，春光融融；舞殿冷袖，风雨凄凄：一日之内，一宫之间，而气候不齐。

妃嫔媵嫱，王子皇孙，辞楼下殿，辇来于秦。朝歌夜弦，为秦宫人。明星荧荧，开妆镜也；绿云扰扰，梳晓鬟也。渭流涨腻，弃脂水也；烟斜雾横，焚椒兰也。雷霆乍惊，宫车过也；辘辘远听，杳不知其所之也。一肌一容，尽态极妍，缦立远视，而望幸焉。有不得见者，三十六年。燕、赵之收藏，韩、魏之经营，齐、楚之精英，几世几年，剽掠其人，倚叠如山。一旦不能有，输来其间。鼎铛玉石，金块珠砾，弃掷逦迤，秦人视之，亦不甚惜。

嗟乎！一人之心，千万人之心也。秦爱纷奢，人亦念其家。奈何取之尽锱铢，用之如泥沙？使负栋之柱，多于南亩之农夫；架梁之椽，多于机上之工女；钉头磷磷，多于在庾之粟粒；瓦缝参差，多于周身之帛缕；直栏横槛，多于九土之城郭；管弦呕哑，多于市人之言语。使天下之人，不敢言而敢怒。独夫之心，日益骄固。戍卒叫，函谷举，楚人一炬，可怜焦土！

呜呼！灭六国者，六国也，非秦也；族秦者，秦也，非天下也。嗟夫！使六国各爱其人，则足以拒秦；使秦复爱六国之人，则递三世可至万世而为君，谁得而族灭也？秦人不暇自哀，而后人哀之；后人哀之而不鉴之，亦使后人而复哀后人也！

再看《岳阳楼记》全文：

庆历四年春，滕子京谪守巴陵郡。越明年，政通人和，百废俱兴，乃重修岳阳楼，增其旧制，刻唐贤今人诗赋于其上。属予作文以记之。

予观夫巴陵胜状，在洞庭一湖。衔远山，吞长江，浩浩汤汤，横无际涯，朝晖夕阴，气象万千，此则岳阳楼之大观也，前人之述备矣。然则北通巫峡，南极潇湘，迁客骚人，多会于此，览物之情，得无异乎？

若夫霪雨霏霏，连月不开，阴风怒号，浊浪排空；日星隐曜，山岳潜形；商旅不行，樯倾楫摧；薄暮冥冥，虎啸猿啼。登斯楼也，则有去国怀乡，忧谗畏讥，满目萧然，感极而悲者矣。

至若春和景明，波澜不惊，上下天光，一碧万顷；沙鸥翔集，锦鳞游泳；岸芷汀兰，郁郁青青。而或长烟一空，皓月千里，浮光跃金，静影沉璧，渔歌互答，此乐何极！登斯楼也，则有心旷神怡，宠辱偕忘，把酒临风，其喜洋洋者矣。

嗟夫！予尝求古仁人之心，或异二者之为，何哉？不以物喜，不以己悲。居庙堂之高，则忧其民；处江湖之远，则忧其君。是进亦忧，退亦忧，然则何时而乐耶？其必曰：先天下之忧而忧，后天下之乐而乐乎？噫！微斯人，吾谁与归！

时六年九月十五日。

《阿房宫赋》写于公元826年，《岳阳楼记》写于1044年，两篇文章，相距二百余年，后者知前者，而前者不知后者，如何联系得起来？

其实，两位作者，两篇文章，共同点是不少的。其一，两人同为进士出身，政治上均有抱负，也都曾从政为官，力图挽狂澜，改革旧制之弊，最后都不算成功。其二，两篇文章均不长，数百字间，写的都是特定"一景"。其三，两位作者均未见过笔下的"景物"，都是"凭空想象"之作。其四，两篇文章均成为家喻户晓之名篇。《阿房宫赋》中"一人之心，千万人之心也"、"灭六国者，六国也，非秦也；族秦者，秦也，非天下也"，《岳阳楼记》中"先天下之忧而忧，后天下之乐而乐"都成为名句。

讲到这里，还只说了一半。更要紧的，是作者杜牧和范仲淹，对阿房宫、岳阳楼，人虽未到，笔墨已至，而笔墨到处，心已超越。两位作者，写的并非只是亭台楼阁，真真切切是在"借题发挥"，以瑰丽之神笔，于些许伤感中，透露治世之理，宣扬治乱之道。

在中国，数千年间，文章无以计数，名篇佳句亦不胜枚举，然而，像这样的用似见非见手法而成之文，表现出的是真正的"大虑大忧"。这"大虑大忧"，原本是为官从政者之天职大义。杜牧和范仲淹，站在史街的某个时点上，俯仰于天地之间，所见所思尽是国家和百姓安危冷暖。这样的人，自然会名垂千古。

文品

　　官德，对为官者十分重要。文品，对为文者十分重要。曾巩之《寄欧阳舍人书》，分了多层意思，表达了谢意，更抒发了立志做正直正派文化人的宽阔情怀。

曾巩《寄欧阳舍人书》，写于1047年。此前一年夏，欧阳修应曾巩之请，为其已故祖父写了一篇墓志铭。《寄欧阳舍人书》就是曾巩给欧阳修写的答谢之文。曾巩当然没有"就事论事"，仅仅停留在说客套话上，而是借机讲了一番"文史"与"墓志铭"同异的道理：

　　夫铭志之著于世，义近于史，而亦有与史异者。盖史之于善恶无所不书，而铭者，盖古之人有功德、材行、志义之美者，惧后世之不知，则必铭而见之。

或纳于庙，或存于墓，一也。苟其人之恶，则于铭乎何有？此其所以与史异也。其辞之作，所以使死者无有所憾，生者得致其严。而善人喜于见传，则勇于自立；恶人无有所纪，则以愧而惧。至于通材达识，义烈节士，嘉言善状，皆见于篇，则足为后法。警劝之道，非近乎史，其将安近？

这一段，讲了"墓志铭"之原本。"墓志铭"是"通材达识，义烈节士"、"嘉言善状"之镜，而非"恶人"所能向往企及。

曾巩的话，到此只说了一半。接着，他讲了有的"墓志铭"变质、变味的原因：

然则孰为其人而能尽公与是欤？非畜道德而能文章者无以为也。盖有道德者之于恶人，则不受而铭之，于众人则能辨焉。而人之行，有情善而迹非，有意奸而外淑，有善恶相悬而不可以实指，有实大于名，有名侈于实。犹之用人，非畜道德者，恶能辨之不惑，议之不徇？不惑不徇，则公且是矣。而其辞之不工，则世犹不传，于是又在其文章兼胜焉。故曰非畜道德而能文章者无以为也，岂非然哉？

人世间当然是复杂的，"人之行，有情善而迹非，有意奸而外淑，有善恶相悬而不可以实指，有实大于名，有名侈于实"，一不等一，二不等二，白不全白，黑不全黑，怎么回事？面对这种复杂，文人的良心良知遇到挑战。有德文人，不会为无德之人撰写溢美之铭文。而无德文人呢？则相反了。有德的文苑大家，是不是很容易找呢？不是。请看曾巩之笔：

> 然畜道德而能文章者，虽或并世而有，亦或数十年或一二百年而有之。其传之难如此，其遇之难又如此。若先生之道德文章，固所谓数百年而有者也。先祖之言行卓卓，幸遇而得铭其公与是，其传世行后无疑也。

官德，对为官者十分重要。文品，对为文者十分重要。曾巩之《寄欧阳舍人书》，分了多层意思，表达了谢意，更抒发了立志做正直正派文化人的宽阔情怀。清白，于为官要紧，于为文者同样要紧。

得人

> 得人心必得人才，得人才又助其得人心。从前秦这段"史话"，后人似乎应该看到更多的内在关联和规律。

《资治通鉴》载："秦王坚命牧伯守宰各举孝悌、廉直、文学、政事，察其所举，得人者赏之，非其人者罪之。由是人莫敢妄举，而请托不行，士皆自励，虽宗室外戚，无才能者皆弃不用。当是之时，内外之官，率皆称职；田畴修辟，仓库充实，盗贼屏息。"这段叙述，是否有夸大之处，有待研究，但是，从总体上看，讲述了一个基本事实：前秦王国进入了一个黄金时期。

"官"与"民"，原本存于同一社会时空，"官"是民众推举出的"利益之秤"，"官"应该为民众服务。但是，在封建时代，官民之间，沟壑相隔，甚至势成水火。极端处，社会动荡，矛盾激化，尸骨如山，城破池废。

求情托拜，买官卖官，一直是官场大弊。前秦皇帝苻坚，在大臣王猛等人支持下，在大分裂、大动荡的年代里，在自己治理的一方土地上，营造了一个相对安定有序、政通人和的社会环境。在凛冽的寒风中，前秦王国拥有一段炉暖斗室般的年景。

老子言："天之道，不争而善胜，不言而善应，不召而自来，繟然而善谋。"前秦王国走过的这段路，是值得总结的。"得人者赏之，非其人者罚之"，这种对举荐者的奖罚之术，颇见功效。不仅刹住了请托之风，还形成了"士皆自励"的良好氛围。成事在人，用人之道，向来是为政之要，成败之关键。"得人才者"与"得人心者"，应是一致的。要得人心，须有益大众之政策、政令、政风，而益大众之政策、政令、政风从哪里来？必出自优秀的治国之才。得人心必得人才，得人才又助其得人心。从前秦这段"史话"，后人似乎应该看到更多的内在关联和规律。

祸害

> 范宁提出了一把很不一般的"尺子":"一世之祸轻,历代之祸重","自丧之恶小,迷众之罪大"。

《资治通鉴》中,司马光记下了这样一段关于祸害大小的议论。东晋徐、兖州刺史范汪的儿子范宁,"好儒学,性质直"。他提出一个著名观点:"王弼、何晏之罪深于桀、纣。"有人认为范宁话说过头了,那桀、纣不是残暴、昏庸之"顶尖人物"吗?王弼、何晏怎么能比桀、纣还坏呢?范宁自有一套理论:"王、何蔑弃典文,幽沈仁义,游辞浮说,波荡后生,使缙绅之徒翻然改辙,以至礼坏乐崩,中原倾覆,遗风余俗,至今为患",而"桀、纣纵暴一时,适足以丧身覆国,为后世戒,岂能回百姓之视听哉?故吾以为一世之祸轻,历代之祸重;自丧之恶小,迷众之罪大也"。这里,范宁提出了一把很不一般的"尺子":"一世之祸轻,历代之祸重",

"自丧之恶小，迷众之罪大"。在相对之间，桀、纣的罪过变"小"了、"轻"了。

桀者，夏之末代帝王也。商汤作《汤誓》，历数其罪恶。纣者，商之末代帝王也。周武王作《牧誓》伐纣，牧野之战败，纣自焚而亡。

王弼者，字辅嗣，三国时魏国玄学家，生于公元226年，卒于公元249年，官至谒者仆射，著有《老子注》、《周易注》、《周易略例》等书，提出"贵无论"。

何晏者，字平叔，三国时魏国玄学家，生于公元190年，卒于公元249年，好老庄之言，著有《道德二论》、《无名论》、《论语集解》等书，累官侍中、尚书，主张"君主无为而治"。

这四个人，实际上分为两类：前者是帝王，掌生杀之权，后者虽然有官职，但其实是文人，是著书立说者。对"玄学"，范宁深恶痛绝。对这种观点应"七三开"还是"三七开"，是另一回事。而值得关注的是，他提醒人们要重视"思想体系"一旦形成所产生的极大影响。范宁这个"纯儒"，容不下王弼、何晏这类"援老入儒"人物。在他眼中，暴君之恶，几十年就过去了，而"异端邪说"之恶，贻害无穷。

画境

> 其实,只要稍移动一下脚步,就可另见新的天地,也会对原先的视角进行修补和完善。谁走出了新的步子,谁就离真实全面更近了。

维科(Giambattista Vico)作为意大利史学家,给人印象最深的是他的历史"三段论"。实际上,对历史段落的划分,人们的看法不尽一致。维科把历史"切"成三个时代:神祇时代、英雄时代、凡人时代。这种划分,多少有点天真。他生于1668年,卒于1744年,其生活年代相当于中国的清康熙、雍正、乾隆年间。他在《新科学》一书中写过这么一段话:

> 尽管由于天气温和,中国人具有最精妙的才能,创造出许多精细惊人的事物,可是到现在在绘画中还不会用阴影。绘画只有用阴影才可以突出高度强光。

中国人的绘画就没有明暗深浅之分，所以最粗拙。

维科的《新科学》一书，出版时间大抵于清雍正年间。

谈绘画，作为学术探讨，谈自己的见解，也无妨。中国人绘画，山水人物均有，着力于用墨，偏重灵性，重在体现意境，以表现神似为主，形似为辅；西方绘画，偏重理性，要求形似为主，神似为辅，虚实之间，立体感强。绘画艺术，重在对画境的"理解"。"描述"是"有限"的第一层次，而"理解"则是"无穷"的第二层次。"有限"是"基本"，而"无穷"是"升华"。不同的人，会以不同的眼光和心绪来读译画境，千差万别，往往在此。这种"异"，恰恰表现了不同绘画传统的风格和特色，维科非贬即褒的思维方式，恐为不妥。从绘画，想到了更多的领域。有时候，某种事物的各个侧面，总站着些"一动不动"的"观众"。这类"观众"用固定不变的视角，仅从"一个侧面"看事论物，视"一个侧面"为事物的全部，且充满自信和傲慢。其实，只要稍移动一下脚步，就可另见新的天地，也会对原先的视角进行修补和完善。谁走出了新的步子，谁就离真实全面更近了。

眼界

> 在某地由某些人创造发明先进的好的东西，总有其合理适用对路的地方，哪怕只是解决问题、矛盾的方法思路，也总可以令人从中得到启发。

中国社科院古代文明研究中心主任李学勤先生在《探索中国文明的起源》一书中写道："承认世界文明的多元性并不是很容易的。站在一种文明的位置上，每每认为其他文明只是本文明的派生物，如果不是，也是次等的，不足称道的。实际上，如马克思指出的：'世界历史不是过去一直存在的，作为世界史的历史是结果。'只有在欧洲工业革命和所谓地理大发现之后，从世界的角度研究和比较各种文明才成为可能。就中国而言，晚明时开始了中西文明的遭遇、交流和碰撞，于是形成一个非常大的潮流和运动。文明比较研究的重要性，就是在这样的条件下凸显出来的。

"谈到绵延久远,即涉及文明的起源。最近我常有机会讲,在自然史和人类史上有五个'起源',都是科学研究的重大课题,即宇宙的起源、地球的起源、生命的起源、人类的起源和文明的起源。"

这里,让人想起了钱穆先生告诫子孙的话。钱穆曾说:"所谓对其本国已往历史有一种温情与敬意者,至少不会对其本国已往历史抱一种偏激的虚无主义,亦至少不会感到现在我们是站在已往历史最高之顶点,而将我们当身种种罪恶与弱点,一切诿卸于古人。"钱穆先生是从"纵向"讲,而李学勤先生是从"横向"讲。不同族群、国别的人,在看祖宗、看他人的时候,眼界、眼光的宽阔、长远是很重要的。藐视上辈人,藐视域外人,这都会妨碍自己的发展和进步。这里,民族自尊心、自豪感必须强调。只是,不能重此轻彼,顾此失彼,关键是要心胸开阔,善于吸纳身外的"精华"。在一个开放的社会里,"固本"重要,"博采"也同样不可忽视。

1929年,郭沫若在《中国古代社会研究》序中说过:"只要是一个人体,他的发展,无论是红黄黑白,大抵相同。""我们的要求就是要用人的观点来观察中国的社会,但这必要的条件是需要我们跳出一切成见的圈子。"

认知自己,知长知短,知得知失,知优知劣,并不是件容易的事。往往于明白的自信中，潜藏着过多的糊涂。"别人可以做到的，我们为什么不可以做到？"这样的问题多问几遍，或许没有害处。若总用一大堆客观理由来开脱自己，放弃主观的努力，得过且过，实在难有长进。在某地由某些人创造发明先进的好的东西，总有其合理适用对路的地方，哪怕只是解决问题、矛盾的方法思路，也总可以令人从中得到启发。封闭式的自我原谅，很不利于本国本民族的根本利益。

1986年，美籍华裔考古学家张光直先生写了一篇题为《连续与破裂：一个文明起源新说的草稿》的文章，其中有这么几句话："我相信中国研究能在社会科学上做重大的一般性的贡献，因为它有传统的二十四史和近年来逐渐累积的史前史这一笔庞大的本钱。全世界古今文明固然很多，而其中有如此悠长的历史记录的则只有中国一家。……这批代表广大地域、悠长时间的一笔史料中，一定会蕴藏着对人类文化、社会发展程序、发展规律有重大启示作用，甚至有证实价值的宝贵资料。"

分合

"经书"深浅，前人后人会有不同感受。从芸芸众生中凸现出某些人物，看到其言其行及后果，也非易事。"纪传"功夫如何，衡量的标准也是多重的。

章太炎（1869—1936），名炳麟，字枚叔，号太炎，浙江余杭人。在1902年，他写了一封《致梁启超书》（见章太炎《政论集》第167—168页），谈到了他的史学观："然所贵乎通史者，固有二方面：一方以发明社会政治进化衰微之原理为主，则于典志见之；一方以鼓舞民气、启导方来为主，则亦必于纪传见之。"

他在1933年3月一次演讲中说过："夫人不读经书，则不知自处之道；不读史书，则无从爱其国家。"

"典志"的作用与"纪传"的功能、"经书"的教义、"史书"的分量，在章太炎看来，似乎各有定位。这也意味着，

"典志"与"纪传","经书"与"史书",在章太炎心目中,合中有分。讲事之理与讲人之事,分中有合,合中有分。人世间,无数人的生命轨迹,纷纷纭纭的评说议论,汇集起来,必然要由史学家来分出头绪,摆放清楚。

从兴衰之迹象中,条分缕析,找到规律性的东西,并不是件简单的事。"经书"深浅,前人后人会有不同感受。从芸芸众生中凸现出某些人物,看到其言其行及后果,也非易事。"纪传"功夫如何,衡量的标准也是多重的。

悲剧

从韩兆琦先生的"一道悲剧英雄人物的画廊"到黄仁宇先生的"浪漫主义和个人主义",都指明了司马迁在历史人物写作上,重视对人物"凸显特征"和"品格魅力"的捕捉,并最终形成了独特的人物写作"笔迹墨痕",傲立于史街史林,自成一家言。

史街上,川流不息的,是古人,是今人。来往之间,春去春回,秋走秋来,厚积的,是被时光过滤留下的大事、奇事、鲜事,是茫茫人海中凸显的伟人、哲人、异人。史书写的是"历史",更是"人史"。《史记》是一部史书,也是"一道悲剧英雄人物的画廊"(韩兆琦《史记评议赏析》)。该书一百三十卷中,写人物的共一百一十二卷。"全书写悲剧人物大大小小一百二十多个。可以说,整个《史记》是被司马迁的审美观所涵盖的,《史记》的悲剧气氛无往而不在,这种现象,是《史记》独有的。"悲剧,是什么?鲁迅说:"悲剧将人生的有价值的东西毁灭给人看。"

《史记》中的悲剧人物,排起队伍来,是一种什么景象?吴起、商鞅、屈原、李斯、荆轲、陈涉、韩信、贾谊、晁错、周亚夫、李广……这里,有惋惜,有同情,有怨恨,有无奈,饱尝人间苦难的司马迁,是在写他人还是在写自己?

司马迁的《史记》中充满了进取和无畏的激情,他要歌颂的是"扶义俶傥"之人,要为"不令己失时,立功名于天下"的人作传。韩兆琦先生在《〈史记〉评议赏析》中写道:"我们从《史记》中读到的不是无所作为的哀叹,而是百折不挠、无所畏惧的进取;不是失败的伤感,而是一种胜利和成功的快慰,是一种道德上获得满足的欢欣。它不仅仅激发人们对悲剧英雄人物的同情,更重要的是能召唤人们向这些英雄人物学习,像他们那样,为着远大的理想、崇高的目标而生活、奋斗,乃至献身。"

黄仁宇先生在《赫逊河畔谈中国历史》一书中曾写道:"今日我们一打开《史记》,随意翻阅三五处,即可以体会到作者带着一种浪漫主义和个人主义的作风,爽快淋漓,不拘形迹,无腐儒气息。"

从韩兆琦先生的"一道悲剧英雄人物的画廊"到黄仁宇

先生的"浪漫主义和个人主义",都指明了司马迁在历史人物写作上,重视对人物"凸显特征"和"品格魅力"的捕捉,并最终形成了独特的人物写作"笔迹墨痕",傲立于史街史林,自成一家言。回望漫漫史街,岁岁年年,令人怅然叹息的,恰恰是一些于当时遭受厄运而千百年后被子孙后代惦想不止的人物。在逆境中,这类人坦然面对痛的折磨、败的坎坷、死的威逼,刚毅不屈,坚持真理,宁为玉碎,不为瓦全。悲惨的个人结局,击响了大众的赞叹共鸣之声。一时生命火光的熄灭,隐藏了照亮千年万载世界的火种。一时之不生不存不隆,换得了永世之生之存之隆。这类人,是非同寻常的成功者。

胜败

> 做事难,难在许多方面。而做事的前提——认清真实的处境,也不是件容易的事。曹操的基本素质中,"不惧挫折"是其一。

做事难,难在许多方面。而做事的前提——认清真实的处境,也不是件容易的事。曹操的基本素质中,"不惧挫折"是其一。《三国志》所引《傅子》的文字中,通过郭嘉向曹操分析形势与对策,讲了袁绍的"十败"与曹操的"十胜"之理,令曹操心神大定,志气重扬。回头看,郭嘉所言的,是客观存在的一些现象:

> 绍有十败,公有十胜,虽兵强,无能为也。绍繁礼多仪,公体任自然,此道胜一也。绍以逆动,公奉顺以率天下,此义胜二也。汉末政失于宽,绍以宽济

宽，故不摄，公纠之以猛而上下知制，此治胜三也。绍外宽内忌，用人而疑之，所任唯亲戚子弟，公外易简而内机明，用人无疑，唯才所宜，不间远近，此度胜四也。绍多谋少决，失在后事，公策得辄行，应变无穷，此谋胜五也。绍因累世之资，高议揖让以收名誉，士之好言饰外者多归之，公以至心待人，推诚而行，不为虚美，以俭率下，与有功者无所吝，士之忠正远见而有识者皆愿为用，此德胜六也。绍见人饥寒，恤念之形于颜色，其所不见，虑或不及也，所谓妇人之仁耳，公于目前小事，时有所忽，至于大事，与四海接，恩之所加，皆过其望，虽所不见，虑之所周，无不济也，此仁胜七也。绍大臣争权，谗言惑乱，公御下以道，浸润不行，此明胜八也。绍是非不可知，公所是进之以礼，所不是正之以法，此文胜九也。绍好为虚势，不知兵要，公以少克众，用兵如神，军人恃之，敌人畏之，此武胜十也。

"知己知彼"，作为战场上的对手，曹操当然需要拥有清醒而准确的判断，而帮他看清真实处境的是谋士郭嘉。郭嘉如此"细致入微"地帮助曹操分析敌我双方的胜败之根因，很显见识。"十胜"与"十败",虽然不是"缺一不可",虽然也只是种种"可能",但总体上讲,"胜"有必然之理,"败"有必然之由。其实,郭嘉的分析更重要的是坚定了曹操的信心。有没有必胜的信心对于打胜仗还是打败仗影响巨大,曹操是一个很自信的人,在他一生征战中遭遇不少败绩,却从未湮灭他率部出战的雄心,尽管如此,与袁绍决战前他也是心里没底,一度动摇。是郭嘉的分析终于坚定了他的信心,下决心开战,才有了官渡之战的胜利,奠定了统一北方的基础。

长短

"诸子百家"这个概念,告诉我们一个事实:在某一时空里,一束束璀璨的思想火花曾交织闪亮于浩瀚的夜空,百花齐放,百家争鸣,令人仰望甚至赞叹。

司马谈曾在《论六家要旨》中,分析过阴阳、儒、墨、名、法、道六家的"长"与"短":

夫阴阳、儒、墨、名、法、道德,此务为治者也,直所从言之异路,有省不省耳。尝窃观阴阳之术,大祥而众忌讳,使人拘而多所畏;然其序四时之大顺,不可失也。儒者博而寡要,劳而少功,是以其事难尽从;然其序君臣父子之礼,列夫妇长幼之别,不可易也。墨者俭而难遵,是以其事不可遍循;然其强本节用，不可废也。法家严而少恩；然其正君臣上下之分，不可改矣。名家使人俭而善失真；然其正名实，不可不察也。道家使人精神专一，动合无形，赡足万物。其为术也，因阴阳之大顺，采儒、墨之善，撮名、法之要，与时迁移，应物变化，立俗施事，无所不宜，指约而易操，事少而功多。儒者则不然，以为人主天下之仪表也，主倡而臣和，主先则臣随。如此，则主劳而臣逸。至于大道之要，去健羡，绌聪明，释此而任术。夫神大用则竭，形大劳则敝。形神骚动，欲与天地长久，非所闻也。

古往今来，成"思想大家"，并形成某种"学说"，并不是件容易的事。这里，涉及三个方面：其一，"学说"自身的缜密完整完善程度，对"从前"的突破、时人的认可度及往后的影响力；其二，此"学说"与彼"学说"间不断交流、碰撞、融合及其结果；其三，"学说"随着经济社会文化发展经受历史"检验"和"选择"。

"诸子百家"这个概念，告诉我们一个事实：在某一时空里，一束束璀璨的思想火花曾交织闪亮于浩瀚的夜空，百花齐放，百家争鸣，令人仰望甚至赞叹。这些"学说"，或回望亘古，或畅想未来，或解疑释惑，或析事明理。然而，又过了许久，在一番番时空的转换中，一些"学说"的亮光渐弱，一些"学说"的亮光渐强。

司马谈对"六家"的评价，虽不能说完全到位、准确，但能"一分为二"地论长说短，总体上还是比较中肯和公允的。某种"学说"之所以能在不同时空中绵延不断，不因它的不完善、不完整而被舍弃，在于它有着内在的与芸芸众生的切身、长远利益相关的并能在心灵深处互动的纽带。中华传统文化中的精华之所以至今仍充满无穷的魅力，其根因也在这里。

真言

如果说讲"真话"不容易,那么,把"真话"打心里听进去,也是很难的。"真话"往往听着不"顺耳",极少精心的"包装",极少外在的"华丽",因而语气生硬、面目粗糙。历史上正反两方面的事例很不少。

《后汉书·左周黄列传》中,摘录了左雄的几篇"上疏陈事"文章。

左雄,字伯豪,为官清正耿直,任冀州刺史时,"州部多豪族,好请托,雄常闭门不与交通。奏案贪猾二千石,无所回忌"。

左雄为官,最大的特点,是勇于"直言",甚至不怕"犯上",连皇帝封赏自己的乳母这类事情,他都敢于"谏拦"。值得注意的是,他劝皇帝,用的是"天意"这道牌。请看:

"初，帝废为济阴王，乳母宋娥与黄门孙程等共议立帝，帝后以娥前有谋，遂封为山阳君，邑五千户。又封大将军梁商子冀襄邑侯。"雄上封事曰："夫裂土封侯，王制所重。高皇帝约，非刘氏不王，非有功不侯。孝安皇帝封江京、王圣等，遂致地震之异。永建二年，封阴谋之功，又有日食之变。数术之士，咸归咎于封爵。今青州饥虚，盗贼未息，民有乏绝，上求禀贷。陛下乾乾劳思，以济民为务。宜循古法，宁静无为，以求天意，以消灾异。诚不宜追录小恩，亏失大典。"皇帝听不进去，左雄借地震、山崩之灾，又劝皇帝："先帝封野王君，汉阳地震，今封山阳君而京城复震，专政在阴，其灾尤大。臣前后瞽言封爵至重，王者可私人以财，不可以官，宜还阿母之封，以塞灾异。"

读此处，想到了历史上许许多多的类似事情，大臣们在劝阻皇上时，除了讲祖制古例，讲道论理，还时不时搬出"天象"、"灾异"甚至"鬼神"这些"外援"，有时劝得住，有时劝不住，但大臣们这种做法，可谓煞费苦心。"普天之下，莫非王土；率土之滨，莫非王臣"，在封建政治大殿上，皇帝权力至高无上，掌握着天下人包括朝廷大臣们的生杀予夺之权，大臣们要劝止某件事情，可依赖的手段实在有限，搬出"天象"、"灾异"、"鬼神"来，是没有办法的办法。还有一种情况，就是给皇上一个台阶下，以天象之名，让皇上接受劝谏，皇上不会觉得自己是让臣下牵着走，自己改正是执行"天意"。

读史书，每读到这类事，每看到一些臣下向皇上献"祥瑞之物"的记载，不免生出些许惆怅：对"天象"、"灾异"、"鬼神"，凭此而劝主的大臣们，自己相信几分呢？若不信，搬出这些"救兵"来影响皇帝，向皇权挑战，不也可怜吗？

老子说过："信言不美，美言不信。"讲"真话"，需要有良好的品质，也需要足够的勇气。听"真话"，需要自知之明，也需要宽阔胸怀。如果说讲"真话"不容易，那么，把"真话"打心里听进去，也是很难的。"真话"往往听着不"顺耳"，极少精心的"包装"，极少外在的"华丽"，因而语气生硬、面目粗糙。历史上正反两方面的事例很不少。

"睁着两眼说瞎话"的事不曾断绝，是因为有"睁着两眼听瞎话"的人。"说瞎话"的人，或畏于权威，或居心不良，或投机钻营，动机各不相同。而"听瞎话"的人，心里是否清楚事情的真伪曲直黑白，恐怕又另当别论了。人世间，"简单"的真伪曲直黑白，被人为摆弄成"复杂"的真伪曲直黑白，实在是一种悲哀。

学问

> 这"功夫",不只是从"字句"到"字句",从"段落"到"段落",更重要的是"连贯"和"准确",是古人之言之文所处的政治、经济、文化、社会背景的体现和文意字理的贴切。

钱穆先生在《中国史学名著》中曾说:"古书不易通,并不是说拿白话一翻就可通了。注解已难,拿白话文来翻译古文,其事更难,并不是几千年前人说的话都能用今天的白话就能恰好翻得出。"

钱穆先生讲这番话,针对的是《尚书》翻成白话文的问题,他说:"我有一位朋友顾颉刚,同在大陆的时候,他就想为《尚书》做一番现代白话文的解注和翻译。我想这工作会是徒劳无功的。据说此刻他翻译的《尚书》已经出版,但我没有看过。无论如何,他不能把《尚书》里难解的问题都解决了,是必然的。"

古文今译,如同西文中译,是一门学问。把隔了许多代、许多年的古人之言之文再"讲"成今天人人都懂、都明白的"白话",是要有"功夫"的。这"功夫",不只是从"字句"到"字句",从"段落"到"段落",更重要的是"连贯"和"准确",是古人之言之文所处的政治、经济、文化、社会背景的体现和文意字理的贴切。如《论语》中孔子的一句话,就很难翻译明白。这句话是:"人能弘道,非道弘人。"后人多想破解孔子这句话的真意,但不少人都吃不准,因而说法各异。

钱穆先生不读顾颉刚先生翻译的白话文版《尚书》,不见得是没有时间读,很可能是怕白话文偏离了古文的原意和原味。说"徒劳无功",话说得过重了些。他担心的,不是怕"翻不出",是怕"翻不准"。

读古文,分几种读法。一种是读来做学问,要"钻"进去,力求彻底弄个明细,要"化验"、检测出字里行间的"化学成分"、"物理构造"来;一种是增加些知识,从中汲取些于做人做事有益的"营养";还有一种是读个兴趣,看得下去便看,看不下去便丢下。这三类读书人,对白话文版的水准要求也不尽一致。第一类人,做学问,看不上白话文,看重的是原汁原味的"老版老本";第二种人,看重的是文章的大意,有时也对照一下原文,有白话文倒也方便;第三种人,完全不摸原文的边,只看白话文,且不管它准确与否,贴切与否,不是为了看门道,而是为了看热闹。由此看来,对白话文的地位,还不能一概而论,也不可轻易否定。对史学工作者来讲,如果要翻译古文,不论为了哪一类的读者,都当认认真真,不轻率,不浮躁,不妄猜,不敷衍,这样的古文翻译品,对做学问的人会是参考,对为经世致用而读的人会有教益,对普通读者不会误导。

实际上,中国古文今译,学问是很大的。同一字,同一句话,人要真正弄明白了,弄懂弄通了,不是件容易事。认真是起码的,学识也要达到一定水准。"徒劳无功"的事,当然是做不得的。但若能做到准确、贴切,译得好,对普通读者而言,仍然是有益的。

人物

> 史学之成果,若要出于一人一时而超脱于一代一世,立于久远,必是因其内在的思想厚实、宽阔。

钱穆先生在《中国史学名著》中说:"一段历史的背后,必有一番精神,这一番精神,可以表现在一人或某几人身上,由此一人或几人提出而发皇,而又直到下代后世。""我们研究历史,更重要的在应懂得历史里边的人。没有人,不会有历史。从前历史留下一堆材料,都成为死历史。今天诸位只看重历史上一堆堆材料或一件件事,却不看重历史上一个个人,这将只看见了历史遗骸,却不见了历史灵魂。"

"历史里边的人"、"历史灵魂"——这是钱穆先生提醒后人为史学问的要旨。"学"与"问",对史学家来说,需要进行艺术上的"拆合"。只有"拆得开"又"合得拢",才能有见地,有成果,有进展。"学"到什么境地才具备了"问"的资格，虽没有什么统一标准，但大抵还是有限度的，那就是基本掌握了"已有"，站在了一定的瞭望高度。在这个"平台"上，"问"什么？"疑惑"是"问"，"缺失"是"问"，"谬误"是"问"，"空白"是"问"。重新进行"化学反应"的各种"元素"均装填完毕了，"新的物质"诞生的条件也就有了。"问"的时机到来了。

历史是由"事"和"人"组合而成的。没有"人"，谈不上"事"。研究历史上的资料、证据、痕迹，离开了对"历史里边的人"的研究，不仅会使史学研究变得枯燥乏味，更不容易真实地看清"死"的"事物"中的"活"的"灵魂"。于繁花落尽时分所见所思所悟所感所书，在有的时候，离真实的本原反而更近了。史学家冷静的视线中，这种"时分"不少。"不失其所者久，死而不亡者寿。"老子所言，讲的是"久"、"寿"之道。从故纸堆里，若只见"事"不见"人"，不见"人"之精神，史学研究就没有生命力了。

研究"人"和"事"，当然离不开一定的经济社会背景，唯物史观要求我们看人论事，不能脱离一定的历史背景，不能仅凭某些情绪情感去面对古事古人。史学之成果，若要出于一人一时而超脱于一代一世，立于久远，必是因其内在的思想厚实、宽阔。

敌戒

让敌人给自己上课，很难有耐心听得下去，听得进去。情绪化的东西，往往会妨碍理智地思考敌人从正面甚至反面讲出的道理。

一字可为师，这句话很容易理解，而以敌为师，则听起来别扭。"师"者何？韩愈说过，所以传道、授业、解惑也。昔日，可能十分厌恶某个人，从不去思考这个令人厌恶的人身上的多个层面，甚至看不见这个人眼里和心目中自己的形象，忽然间的顿悟，才在几乎流逝的记忆中，渗出了一丝源泉：敌人，或许就是老师。"严师出高徒"，"敌人"不是"严师"中的一类吗？人的一生中，最难忘的课程，或许是和蔼的长者上的，或许是可恨的敌人上的。柳宗元《敌戒》一文，曾讲透了"敌存而惧，敌去而舞"的本质和祸害。这篇文章中，还有一句话值得记住："敌存灭祸，敌去召过。有能知此，道大名播。"

让敌人给自己上课,很难有耐心听得下去、听得进去。情绪化的东西,往往会妨碍理智地思考敌人从正面甚至反面讲出的道理。

拒敌人于千里之外,这是不少人"惹不起,躲得起"的战术。这样的"躲",可能少了一时的麻烦,但却无法看清敌人眼里和心目中自己的"形影",因为在不少时候,自己看自己,反不如敌人看得清:敌人,为了吃掉你,很可能把你研究透了,长在哪里,短在何处,时常有比你自己明白的地方。敌人,面目可憎的敌人,在向你袭来之时,带来了危险和威胁,同时也带来了机遇。这种机遇,是需要慎重对待的,须在特定的时间里看清彼此,准确把握战机和战术,最终能够扬长避短,战胜敌人。与敌人的较量,从某种意义上讲,是自己与自己的较量。这种较量,是跟"妄自尊大"、"坐井观天"、"骄傲自满"的毛病斗争。战胜了自己,就容易看清敌我;战胜不了自己,就必然会败在敌人手里。

进步

> "进步",是这样一个等式:选准了该留的"旧",获取了该有的"新"。历史上有贡献的人物,就是这样的"选择大师"。

"夫夷以近,则游者众;险以远,则至者少。而世之奇伟瑰怪非常之观,常在于险远,而人之所罕至焉,故非有志者不能至也。"王安石在《游褒禅山记》中这段话让人联想得更多、更深、更久远。

人们常讲某某人于某个时代推动了历史进步,而细深究去,这"进步"二字又不是那么简单。"进步",当然是对原"起点"而言。问题的关键在于:人在"进步"时,会是两手空空吗?不会。一定会带着经历岁月磨砺而成的物质、文化"财富",且轻重得当,能迈得开新步。这里,就有一个选择:一定要将一部分曾被认为是"财富"的东西留在"原地",因为过沉的辎重会使人无法前行。"财富"不是简单的"复制"，更多的是衍生、更新、再造，"继承"与"发展"都在一条主线上。停留在某一时点上的东西，一定是自身有其局限性。其实，更多的时候，人们是依靠已有的"财富"，再去争取新的更有价值的"财富"，尽管也有失误的记录，但总体上讲，"财富"是一种累加和聚集的趋向。这是人类"进步"的见证标志之一。

过于保守的人物，成为历史车轮前行的绊脚石，错在哪里？错在目光短浅，见"近"而不见"远"，该放弃某些"旧物"的时候，有些舍不得，甚至不懂得放弃的必要，没有找寻到放弃的理由。结果呢，不仅"旧物"没有保留住，连自己也被历史的车轮挤轧到一边了。这样的事例，很不少，也很沉痛。迈新步，往前走，往上走，须是"有志者"。"进步"，会是这样一个等式：选准了该留的"旧"，获取了该有的"新"。历史上有贡献的人物，就是这样的"选择大师"。在中国古代，秦朝创立的许多政治经济制度，并未随秦亡而止息，相反，秦制被留下的有益的东西，一直影响了两千多年，而创立秦制的商鞅、李斯等人，也成为不朽者。

生死

生与死、身与世的关系,从古至今,从今往后,都一直是人类思考再思考、探讨再探讨的重要话题。

苏辙《待月轩记》中写到他游庐山,曾碰到一位"隐者",谈到了"性命之理"。

隐者的立论是"性犹日也,身犹月也"。这篇文章,大部分篇幅叙述了隐者的观点:

> 人始有性而已,性之所寓为身。天始有日而已,日之所寓为月。日出于东,方其出也,物咸赖焉。有目者以视,有手者以执,有足者以履,至于山石草木亦非日不遂。及其入也,天下黯然,无物不废,然日则未始有变也。惟其所寓,则有盈阙,一盈一阙者,月也。惟性亦然,出生入死,出而生者,未尝增也,入而死者,未

尝耗也，性一而已。惟其所寓，则有死生，一生一死者身也。虽有生死，然而死此生彼，未尝息也。身与月皆然，古之治术者知之，故日出于卯，谓之命，月之所在，谓之身。日入地中，虽未尝变，而不为世用，复出于东，然后物无不睹，非命而何？月不自明，由日以为明，以日之远近，为月之盈阙，非身而何？此术也，而合于道。世之治术者，知其说，不知其所以说也。

"月入吾轩，则吾坐于轩上，与之徘徊而不去。"对这位隐者的话，苏辙开始是"异其言"，而后又"志其言于壁"。这位隐者将"性命"、"身体"与"太阳"、"月亮"，形成了一道深奥的哲学命题，唯物的成分有，唯心的地方也存在。苏辙对这一"混合思想"，究竟明白到了什么程度暂且不说，仅就全文语气看，似乎陷入了一种难以自拔的沉思。

将"性命之理"比作"日"、"月"，形而上地看，是哲学上的寻迹；形而下地看，是文学的浪漫。生与死、身与世的关系，从古至今，从今往后，都一直是人类思考再思考、探讨再探讨的重要话题。从大自然的运行规律和现象中，找到一些启发点，科学、准确与否姑且不论，而联系起来看问题的角度确有可取之处。

得失

  "丢掉"的和"得到"的,不见得可用一个价值标准去衡量。如何在"得到"的同时又不失去不该失去的东西,似是一道难题,从古至今,都不曾完全破解。

  陶渊明的《桃花源记》,说其虚构了一幅令人向往的世外桃源的画卷,似乎争议不大。而现实生活中,会不会有这样一方超凡脱俗的净土,人们反而不多思考。作为个人,除了洁身自爱,还希冀生活在一种理想社会之中,陶渊明找到了梦境,而又很快失去了梦境。"土地平旷,屋舍俨然,有良田、美池、桑竹之属。阡陌交通,鸡犬相闻。其中往来种作,男女衣著,悉如外人。黄发垂髫,并怡然自乐。"如此佳地,让"渔人"惊诧,让"渔人"羡慕,更令"渔人"联想。

  人类社会演进的过程中,有迂回,有曲折,有激流,有坦途，不管怎么样，大趋势，是众人要追寻新的更美更好的东西。旧的相对落后的东西总会褪色。"丢掉"的和"得到"的，不见得可用一个价值标准去衡量。如何在"得到"的同时又不失去不该失去的东西，似是一道难题，从古至今，都不曾完全破解。陶渊明的困惑大概也在这里。"不复得路"也在所难免了。此种"矛盾心结"，例证不少：美好与缺憾，交织在一起，痛苦在于"不可兼得"。

史思

  史海浩渺，无边无际。而荡舟史学，对每个人，总归有个航程和方向。在这方面，毛泽东也为我们树立了榜样。

  1964年春，毛泽东在读范文澜《中国通史简编》和司马迁《史记》时，满怀豪情地写了一首《贺新郎·读史》。在词中，毛泽东用一百一十五个字，概括了人类从诞生到今天几百万年的历史，这是对历史的凝练，也是对人类进化的凝练。全词如下："人猿相揖别。只几个石头磨过，小儿时节。铜铁炉中翻火焰，为问何时猜得？不过几千寒热。人世难逢开口笑，上疆场彼此弯弓月。流遍了，郊原血。一篇读罢头飞雪，但记得斑斑点点，几行陈迹。五帝三皇神圣事，骗了无涯过客。有多少风流人物？盗跖庄蹻流誉后，更陈王奋起挥黄钺。歌未竟，东方白。"词中，与"五帝三皇"对应的，是"盗跖庄蹻"。

毛泽东在词中讲的"盗跖",指的是《庄子·盗跖》中的盗跖,"从卒九千,横行天下,侵暴诸侯","所过之邑,大国守城,小国入保"。《荀子·不苟》中也载:"盗跖吟口,名声若日月,与舜、禹俱传而不息。"汉王充《论衡·命义》:"盗跖、庄蹻横行天下,聚党数千。"

"人世难逢开口笑",出自杜牧《九日齐山登高》诗,其中有"江涵秋影雁初飞,与客携壶上翠微。尘世难逢开口笑,菊花须插满头归"。

值得注意的,是词中"一篇读罢头飞雪,但记得斑斑点点,几行陈迹"这几句话。这是不是提出经典不可迷信?"无涯过客"是谁?历史上的"陈迹",真假如何?岂可全信?通过提出疑问,毛泽东畅想的,是不是"薄古厚今"呢?

毛泽东是马克思主义者,是政治家、革命家,也是伟大的诗人。史学思路,在诗文中,洒脱超俗,独识深邃功底。史海浩渺,无边无际。而荡舟史学,对每个人,总归有个航程和方向。在这方面,毛泽东也为我们树立了榜样。

志向

> 韩愈用这样一个纯粹"编出来"的故事,比较完整地将自己的人生观、价值观公诸世人,用起伏跌宕的故事,表达了自己的人生节操和志向。

韩愈写过一篇《送穷文》,读后让人前思后想。

韩愈生于公元768年,卒于公元824年,《送穷文》写的是公元811年的"故事"。他写《送穷文》,是为了借此昭示自己的清廉节操。

送穷之说,由来已久。传说古帝高辛氏(一说高阳氏)生有一子,不喜欢华衣和美食,好穿破衣喝稀饭,宫中人称"穷子"。有一年正月最后一天,死在小巷里。自后每到这一天,宫中有人做稀饭,备破衣,陈列门外祭他,也叫送穷、除贫。汉代扬雄曾作《逐贫赋》。韩愈此处讲的"故事",把"穷"字延伸了许多,赋予"穷"更广泛的内涵,文章中出现了五鬼齐聚的场面："智穷"、"学穷"、"文穷"、"命穷"、"交穷"……"凡此五鬼，为吾五患，饥我寒我，兴讹造讪，能使我迷，人莫能间。朝悔其行，暮已复然。蝇营狗苟，驱去复还。"

《送穷文》中，登场的"角色"不多，除了"五鬼"，便是"主人"和"奴星"二人。主仆二人本是要送"五鬼"，"结柳作车，缚草为船，载糗舆粮，牛系轭下，引帆上樯"，还"三揖"于"穷鬼"们，可谓毕恭毕敬。然而，"穷鬼"们的一席话，把"主人"的打算顶了回去。不仅送不走"穷鬼"们，还被"穷鬼"们教训了一顿："子知我名，凡我所为，驱我令去，小黠大痴。人生一世，其久几何，吾立子名，百世不磨。小人君子，其心不同，惟乖于时，乃与天通。……天下知子，谁过于予，虽遭斥逐，不忍于疏，谓予不信，请质《诗》《书》。"没办法，"主人于是垂头丧气，上手称谢，烧车与船，延之上座"。这"延之上座"，是全文的"结束语"，宣告"送穷"活动的"失败"。《送穷文》是一篇上乘佳作。韩愈用这样一个纯粹"编出来"的故事，比较完整地将自己的人生观、价值观公诸世人，用起伏跌宕的故事，表达了自己的人生节操和志向。困境中保持乐观豁达，与"穷鬼"为伍，虽不是"好事"，但"无奈"中仍有着积极的趋向。

简始

> 老子说："道生一,一生二,二生三,三生万物。"
> 这句话,几乎是"算术语言"。但是,道理却深得不能再深。

《庄子·人间世》中有一句名言:"凡事亦然:始乎谅,常卒乎鄙;其作始也简,其将毕也必巨。"这句话,说的似乎只是一种社会现象。再往广泛处去想,又觉得此理在许多事情上都能得到印证。

老子说:"道生一,一生二,二生三,三生万物。"这句话,几乎是"算术语言"。但是,道理却深得不能再深。数字是从"零"开始,然后"一"、"二"、"三"、"四"、"五"……至无限。庄子之言,深奥是肯定的,但也不难想明白。"始"与"终",对任何一事物,都有一个变化的趋势。相当多的时候,"结局"是令人惊诧的。而料想中的"预期"只能实现一部分。

一个人从呱呱坠地,到幼年、少年、青年、壮年、暮年,思想也由"简单"到"繁杂"。一件事,刚开始做,"因子"关系似不复杂,越往下去,便渐渐产生出许多想得到和想不到的"因子"来了,"多因一果"、"多因多果"便会出现了。"多因一果"、"多因多果",种瓜得豆的"此因彼果"便会出现了。"简"了好,还是"繁"了好,不容易下结论。无论如何,对"简"与"繁"的选择,都不能一概而论。有时"简"了益大,有时"繁"了利多。棋盘上的棋子多寡,与胜败有关联,又不能绝对化。

世界上许许多多的"复杂",其实是由许许多多的"简单"叠加而成。"剖析"根因,"化验"成分,从"简始"着眼起步,是一条捷径。

树根

> 一种社会制度，如同一棵大树。树无根不立。繁茂大树的"根"是什么，是世道人心，是公众的信任，是公众的利益。

《诗经·大雅·荡》："人亦有言：颠沛之揭，枝叶未有害，本实先拔。"这句话是说，古人有话不可忘记：大树拔倒根出土，枝叶虽然暂不伤及，但树根已离泥土难以长久了。看世上万物的兴衰存亡，不能只看"表象"，要看"本质"。"枝叶"与"根"如果都出问题了是一回事，若是"枝叶"出问题了而"根"尚好，则又是一回事。而第三种情况呢，"根"破坏了，"枝叶"暂时完好无损，那也长久不了。

三国时期，群雄并起，天下有才之士，纷纷投入各个阵营，与其说是群雄之间兵力的角逐，莫若说是各自阵营中谋略人才智慧的比拼。袁绍盛时麾下兵马最壮，人才最多，有着统一北方和全国的最大可能。但郭嘉却一眼看破了袁绍外强中干的本质。郭嘉这个人,"少有远量,汉末天下将乱,自弱冠匿名迹,密交结英俊,不与俗接,故时人多莫知,惟识达者奇之"。荀彧把郭嘉推荐给了曹操,郭嘉从此成为曹操的大谋士,发挥了巨大作用。然而,在此之前,郭嘉曾投奔过袁绍。见过袁绍之后,他决定弃袁而去。临走前,他曾私下对袁绍的谋臣说过这么一番话:"夫智者审于量主,故百举百全而功名可立也。袁公徒欲效周公之下士,而未知用人之机。多端寡要,好谋无决,欲与共济天下大难,定霸王之业,难矣!"这里,郭嘉看见的,是袁绍的"内质",是"根本"。

一种社会制度,如同一棵大树。树无根不立。繁茂大树的"根"是什么,是世道人心,是公众的信任,是公众的利益。《老子》中曾言:"天地尚不能久,而况于人乎?故从事于道者,同于道;德者,同于德;失者,同于失。"一旦公众的生存、发展的"基础"受到了大的损害,这个"根"也就"离土"了。"根"已"离土",这个"树木"也就要干枯了。明方孝孺《深虑论》中特意讲到统治者"唯积至诚,用大德以结乎天心"。这"天心",非天之心,而是民之心。民心所向,万难不惧;民心所背,万劫不复。

转化

> 在战争中，有两种仗，一叫"主动仗"，是有准备的，有谋划的，有方案的；另一叫"被动仗"，是无准备的，无谋划的，无方案的。多数情况是，打"主动仗"胜多败少，打"被动仗"胜少败多。

《礼记·中庸》中讲了这样一段话："凡事豫则立，不豫则废。言前定，则不跲；事前定，则不困；行前定，则不疚；道前定，则不穷。"失败的案例有着无数的版本，"结果"是个"败"字，而"败因"却各不相同。缺少谋划是败因的一种。

在战争中，有两种仗，一叫"主动仗"，是有准备的，有谋划的，有方案的；另一叫"被动仗"，是无准备的，无谋划的，无方案的。多数情况是，打"主动仗"胜多败少，打"被动仗"胜少败多。做事也好，说话也罢，"主动"与"被动"结果不同，与"妄动"更是天上地下。当然，要做到"不跲"、"不困"、"不疚"、"不穷"，仅仅靠"计划"还不够。"豫"不是一次完成的，"豫"是不能止步的。一旦把它"固化"了，"滞化"了，功效不仅会减弱，甚至会出现反作用。"定"是"进行式"的"定"，是不断进行"修正"的"定"。如果是一成不变的"定"，麻烦就会出现了。

做事不仅要善于筹划，还须"审时度势"，将提前"计划"的东西，结合不断变化的客观情况，巧妙运用，灵活处置。实际情况变化了，而依旧"照葫芦画瓢"，是"迂腐"。"立"与"废"，是"结果"，更是过程。许多的事情，许多的时候，是在过程中变化又因变化影响过程的。世间之纷纭多彩多变，凸显"转化"之魔力和魅力。古今中外，战争中之优势与劣势，都是变化的。不确定的东西，与确定的东西，是互相转化的。战争没有完全、绝对的确定性，因而，"计划"必须与"变化"结合，能征善战者，是有计划而又能够据实修订计划、完善计划的人。

原本

> "理想上的衍变"当然不可取,而"原本"尚不清楚、不完全、不准确更为可怕。"还历史本来面目",对史学家来说,真正是任重道远。

黄仁宇先生《赫逊河畔谈中国历史》中曾写道:"历史家铺陈往事,其主要的任务是检讨已经发生的事情之前因后果,不能过度着重猜度并未发生的事情,如遇不同的机缘也可能发生,并且可以产生理想上的衍变(除非这样的揣测提出侧面的及反面的因素,可以补正面观察之不足)。"

"并未发生的事情"当然不是"历史"。黄仁宇先生提醒人们的是,不要在历史问题上使理想主义泛滥起来,以理想或者想象代替事实。看"历史",有两个"朝向":一是"居前而观后","历史"在"迎面"。人们根据从前的经验和教训、目前事实状态,推想、预测、估量"可能发生的事情",提出的一些看法、猜测，需经"历史"本身检验；二是"居于后而观前"，"历史"在"背面"，人们根据"已经发生的事情"，以一定的"见识"、一定的"立场"、一定的"眼界"，对"事实"做出"分析"，至于是否客观、全面、准确，除了有历史本身对应比照，还有后来人作评论甚至是定论。

"猜度"这种思维方式，在部分人的著述中，是有"显露"的。由"一"而推"二"、"三"而估"四"，乍看似乎有道理，细究则不合逻辑，甚至本身已是错误。历史有历史的"原本"，但历史也不等于"传说"和"书典"。毕竟，口误和笔误是难免的，是常有的。赵翼《廿二史札记》中，曾就明臣周延儒被列入"奸臣传"发表了不同意见。赵翼写道："周延儒不过一庸相耳，以之入奸臣传，未免稍过。"在史书、在史家，笔墨轻重，"稍过"就是很大的问题。所以，历史也有"不简单"的"原本"。不同史书对同一人同一桩事的不同记载，就能说明这种"不简单"。"理想上的衍变"当然不可取，而"原本"尚不清楚、不完全、不准确更为可怕。"原本"还在"原处"，许多的时候，不是"原本"变了模样，是我们尚没在"原处"发现它。"还历史本来面目"，对史学家来说，真正是任重道远。

定律

> 看不清敌人不行,看不清自己亦不行。骄狂之人,往往是既看不清敌人也看不清自己,这种情势之下,岂不败亡?

柏杨在《现代语文版资治通鉴》中曾语:"我们有一个平凡的发现:任何人无论英雄豪杰或奸猾恶棍,有一天,在他的名字下忽然出现意满志盈,态度骄傲——倨骄或傲慢之类字样,用不着读下去,就可以肯定下文是什么。他已踏动陷阱机关,下一步就是翻滚而下,坠入地狱。轻则事业失败,重则生命不保。""骄兵必败"之所以成为中外之"定律",古今之"定律",根因在于骄则失去理智,骄则不知彼此,骄则不辨黑白,骄则不明东西。人生之"转折点",并非只有一次,但由于生命之短暂,有时一个"拐点",就可以断送终生。袁绍曾称雄一时,兵力强大,但由于骄傲自大,终至败亡之地。骄狂之气，害人不少，害人不浅。即使天资聪颖，即使有天时地利之优势，即使尚有上下左右之支撑，如果自己骄狂起来，不能有自知之明，忘掉了扬长避短之道，同样的外在环境，"内因"与"外因"碰撞过程中，相对而言，骄狂之人的处境就会险恶起来，面对的敌人会强大起来，败亡的机会也多起来。看不清敌人不行，看不清自己亦不行，骄狂之人，往往是既看不清敌人也看不清自己，这种情势之下，岂不败亡？"胜必骄"、"骄必败"，这种"循环"，教训惨痛，不胜枚举。

忧患

　　苏辙在《陈州为张安道论时事书》中讲了这么两句话："变速而祸小者，瓦解其忧也；变迟而祸大者，土崩之患也。"这里，"速"与"迟"，"小"与"大"，提醒得极为深刻。

"安史之乱"，成为唐王朝由盛而衰的"转折点"。这一时点上的腥风血雨，史学家落墨浓重，发人深省的地方不少。黄仁宇先生在《赫逊河畔谈中国历史》一书中，曾分析了"安史之乱"的根因。他写道："中国传统政治，所想控制的过于庞大，引用的原则过于简单，当中笼罩着很多不尽不实之处，真有人事冲突时无法圜转，而只有走极端，甚至亲属也成世仇。"

黄仁宇先生讲的"传统政治"，在更多人的理解上，指的应该是封建社会的政治，酝酿于春秋战国之际，自秦始皇完全建制而至清亡，绵延两千多年。封建时代，土地"割治"制度，皇权统治框架，社会最底层之农民背负甚重，都成为其政治变动、延续、伸展的基础。封建社会形态，存在了那么久，在东西方都经历了漫长的岁月。"引用的原则过于简单"，这是黄仁宇先生的分析。若以此来解释任一朝代的兴亡，恐怕也失于"简单"。黄仁宇先生实指的，很可能是讲，庞大的政治经济组织框架，一旦宫掖间阴晴转换，顿时会风起云涌，形成大的"变故"。

当然，"变故"有致"伤残"和致"危亡"之分。苏辙在《陈州为张安道论时事书》中讲了这么两句话："变速而祸小者，瓦解其忧也；变迟而祸大者，土崩之患也。"这里，"速"与"迟"，"小"与"大"，提醒得极为深刻。一种政治结构，若没有稳定的法制框架支撑，只是以"人治"纽带维系，"简单"的"原则"，非彼即此，非黑即白，又在"各取所需"中随人而变，随人而定，随人而易，是缺少安全性的，也是脆弱的。

知从

> 对人类社会发展、进步有益的理论,可以是高深的,但不该是莫测的;可以是精华的,少数人总结出来的,但不该是艰涩难懂和远离大众的。

"理论",在寻常人看来,有云端之高,有海底之深,甚至有些莫测晦涩。然而,"理论"有"凡解"、"浅释",甚至是"白话"。"理论"只有经过了"凡解"、"浅释",甚至"白话",才有了生命的活力,变成众人的行动指南。《易经》中有言:"易则易知,简则易从。易知则有亲,易从则有功。有亲则可久,有功则可大。""易知"、"易从"对应的是"有亲"、"有功",做到位了还"可久"、"可大"。一番大道理,被几句话讲透了,实在是一种高度凝练和概括。

居于高端的"理论",没有固化凝练的经历,是站不久的。所以,有人认为,理论"不是通俗的东西"。"理论",在某种意义上说,是思想通达理智后的"高密度"的"贵金属",且毕竟是稀少的。理论当然具有自己足够的思想浓度。

这话当然有道理。然而,理论不是空洞的"收藏品",而应是指导、影响人们改造世界、创造生活的"实用品"。老子言:"天下难事必作于易,天下大事必作于细。"这句话,是讲事物演变规律,也是讲做人做事的道理。"理论"之形成,"起点"往往在细微处,离现实生活不遥远。而"理论"运用,仍需于细微处与现实生活相连接,并进一步接受检验与修补完善。

理论从实践中来,还要到实践中去,这是颠扑不破的真理。对人类社会发展、进步有益的理论,可以是高深的,但不该是莫测的;可以是精华的,少数人总结出来的,但不该是艰涩难懂和远离大众的。理论的生命力,就在于能够与现实生活相结合,只有这种结合,理论才能闪耀出瑰丽夺目的光彩。

警训

> 他们曾经"存在"的价值早已超越了自我,超越了时空,那段岁月带不走的东西,让后人越发觉得沉甸甸的,甚至是无法估算的分量。

明方孝孺的《豫让论》,尽管有"今人尺论量古人"之嫌,过于苛求春秋末期晋国智氏的家臣豫让,但其中讲到的"销患于未形,保治于未然"确属独到精辟之见解,至今,至今后,都可作为警训。

豫让对智氏的忠诚,向来被人赞叹。故事是这样的:在晋国权力斗争中,智氏败亡,家臣豫让念其恩情,决心替智氏报仇。仇人者何?赵襄子也。头一回,豫让行刺赵襄子未遂,被捕。获释后,豫让"漆身吞炭",使自己人变模样嗓变音声,为的是再次行刺赵襄子。然而,再次行刺又失败了,豫让也再次被俘获。杀不成赵襄子,豫让只好想了个"精神胜利法",给赵襄子提了一个条件:请赵襄子将衣服脱下,让他劈斩其衣,如此,可甘心赴死。赵襄子没见过这样的刚烈执着之士,脱下了衣服,"观斩衣三跃"。豫让"得手"后,心满意足,伏剑自杀。

方孝孺并不欣赏豫让的做法,不仅如此,他批评豫让与其"事后"尽忠,不如"事前"劝谏智氏,"忠告善道"。"智伯既死,而乃不胜血气之悻悻,甘自附于刺客之流,何足道哉?何足道哉?"显然,方孝孺与寻常人唱了"反调"。

方孝孺生于1357年,曾任翰林侍讲学士、文学博士,忠于明惠帝。燕王朱棣举兵夺权,攻破南京城后,朱棣看中了方孝孺的才学,命方孝孺起草即位诏书,被坚决拒绝。朱棣大怒,方孝孺惨遭灭十族之祸。时为1402年,方孝孺只有四十五岁。

不苟时俗,见解独特,是方孝孺的个性特征。方孝孺个人的悲剧,是封建时代的众多悲剧中的一幕,此处不多论叙。就《豫让论》一文观点看,方孝孺本意不仅仅是在批评豫让,而是在强调治天下之要。联想到方孝孺《深虑论》中"虑天下者,常图其所难,而忽其所易;备其所可畏,而遗其所不疑。然而祸常发于所忽之中,而乱常起于不足疑之事"这番话,方孝孺到底在讲什么,是很清楚的。猛一看,方孝孺是在就事论事，实则不然。在就事论事之间，方孝孺在给政治家们上课。客观上，他自己的悲剧，也成为这课中的一部分。

在历史上，一些人物的人生岁月，如流星，在瞬间闪亮，在瞬间坠入夜幕，这种存在"看似短暂无比"，然而，他们曾经"存在"的价值早已超越了自我，超越了时空，那段岁月带不走的东西，让后人越发觉得沉甸甸的，甚至是无法估算的分量。方孝孺就是其中的一位。对那篇《深虑论》，我们只要灯下细读，心会少些虚幻的躁气，多些真实的清醒。

文德

"媚俗之风"未停,"媚俗之文"未亡,如此说来,《与人书》一文的意义也就显出了深远。

顾炎武先生写过一篇《与人书十八》,实是一封专门谢绝他人请求写应酬文字的书信。此文不长,全文如下:

《宋史》言,刘忠肃每戒子弟曰:"士当以器识为先,一命为文人,无足观矣。"仆自一读此言,便绝应酬文字,所以养其器识,而不堕于文人也。悬牌在室,以拒来请,人所共见,足下尚不知耶?抑将谓随俗为之而无伤于器识耶?中孚为其先妣求传再三,终已辞之。盖止为一人一家之事,而无关于经术政理之大,则不作也。

韩文公文起八代之衰,若但作《原道》、《原毁》、

《争臣论》、《平淮西碑》、《张中丞传后序》诸篇，而一切铭状概为谢绝，则诚近代之泰山、北斗矣，今犹未敢许也。此非仆人之言，当日刘叉已讥之。

顾炎武，原名绛，字宁人，明亡后改名炎武，号亭林，生于明神宗四十一年（1613年），卒于清康熙二十一年（1682年），是反清复明的斗士，也是学识渊博的学者。他的一生，跨明、清两代，游历广远，交友无数，风骨凛然，所著《天下郡国利病书》、《日知录》甚有影响。他最看不起的，莫过于媚俗文人，舞文弄墨，迎合权贵，讨好世俗，贪图名利。《与人书》抨击的，便是这类人。在文中，顾炎武引用《宋史》中刘忠肃教育子弟的话，强调了"器识为先"的理念。刘忠肃者，名挚，字莘老，北宋大臣，生于1030年，卒于1096年，数被朝廷贬谪，一生爱读书，至老仍不释卷，著有《忠肃集》。在《与人书》中，顾炎武以刘忠肃的话为著书写文之"准绳"，"悬牌在室，以拒来请"，明确提出："盖止为一人一家之事，而无关于经术政理之大，则不作也。"

韩文公，韩愈也，唐代杰出散文家、诗人、哲学家。他生于公元768年，卒于公元824年，性耿直，好讽谏，倡古文，抨时弊。仕途中，数遭贬放。散文代表作有《原道》《原毁》《师说》《毛颖传》等，诗代表作有《南山》《陆浑火山》等，有《韩昌黎集》传世。

在《与人书》中，顾炎武虽然讲了韩愈的成就，但有所保留。"今犹未敢许也"，实际上暗指韩愈笔下也有为钱财而作的"俗文"。"刘叉已讥之"，说的就是韩愈门徒、诗人刘叉曾讥讽过韩愈"财而文"。《唐才子传》中载：当时韩愈撰写墓志碑文碑铭名声大，润笔之得甚多。一次，刘叉曾与韩愈吵架，一气之下竟拿了韩愈的钱，夺门而走。临走说："此谀墓中人所得耳，不若与刘君为寿。"顾炎武再揭韩愈老底，还是要说著书撰文要有风骨，要有大器宏量和真才实学。人若为钱财而写一些阿谀奉承、无病呻吟的文章，即使如韩愈这样的大家，也会影响他的声誉。韩愈是不是写过一些"不恰当"的文章，该不该受到后人谪责，这是一回事。而"跳出"具体的人和事，就保持文人风骨、纯洁文风文德而言，顾炎武的《与人书》，有着积极的警示作用。

纵横

> 研究历史，可从一域看仔细，亦可从全域看究竟，"古"与"今"，"纵"与"横"，角度稍有移动，景色也就不同了。"钻进去"，还要"跳出来"，这是历史研究之大幸，也是史学家之大幸。

"古"与"今"的话题，还可以再"放宽泛"些来讲。韩愈《符读书城南》中有这么一句话："人不通古今，马牛而襟裾。"这句话，"翻译"过来是讲：人如果不懂古往今来，就如同是穿了华丽衣裳的牛马。将"通古今"上升到人与"马牛"之别，韩愈几乎走了极端。然而，细思量，若似马牛一样，不知自己从何处来又向何处去，不知天地万物生长之理之道，怎么写得出一个"人"字呢？梁启超先生在《中国历史研究法》中曾写道："史者何？记述人类社会赓续活动之体相，校其总成绩，求得其因果关系，以为现代一般人活动之资鉴者也。其专述中国先民之活动，供现代中国国民之资鉴者，则曰中国史。"知其如何生存繁衍发展，知其成败因果，供今天及今后借鉴参考，这还不够重要吗？梁启超先生说得不错，他只是在讲"中国史"。在中国之外，还有世界，因而，在"中国史"之外，还有"世界史"。看中国与看世界是密不可分的。"纵向之历史"与"横向之历史"是分割不开的。在一个狭小的地域里纵向观史，与以广阔眼界横向观史，看到的东西是不一样的，"见"不同，"识"也有别。庄子曾言"适百里者宿舂粮，适千里者三月聚粮"，这话意味深长，走百里与行千里，带多少干粮不同，准备干粮时间长短不同，欲走出"狭小"，跳出"纵向"，走向广远，"横向"观史，"三月聚粮"，任重而道远。

公元前484年至公元前425年，中国正处于春秋战国时期，西方出现了一位"历史学之父"，名叫希罗多德。他视野所及，不只是在古希腊狭小的地域，还包括了西亚、北非、黑海沿岸、地中海沿岸、意大利等地方，"他在自己的叙述中把许许多多、各种各样的故事，欧罗巴和亚细亚的都结合到一起。"（史学家狄奥尼修斯语）其实，中国的司马迁，也有"世界眼光"，他在《史记》中记述了东亚、东南亚、中亚、西亚各国的历史。在《史记·大宛列传》中，司马迁写道："骞身所至大宛、大月氏、大夏、康居，而传闻其旁大国五六，具为天子言之。"司马迁虽然比希罗多德晚了些年月，但他同样在中国史学中敞开胸怀，对后来者起到了示范作用。

现代人柏杨，写了一本《中国人史纲》，一边讲叙中国历史的"大段落"、"大事件"，述说每一时期、每一事件中有影响的人物，一边"点评"同一时期的"国际背景"。他的写作方法是，视一百年为一个"格子"，"格子"中间开列了中国的"大事件"及主要"当事人"。如讲"第三世纪"，讲东汉王朝之完结，讲三国之鼎立，讲西晋之兴起，中国由统一变为分裂，再由分裂变为统一。同时，在"第三世纪"中，"东西方世界"也在发生变化，罗马帝国皇帝卡勒卡拉被刺身亡，国内战乱爆发，五十四年中（公元217年—270年），皇帝三十人，仅一人善终，余二十九人皆死于非命；公元286年，罗马帝国皇帝戴克里先任命大将马克西米安为奥古斯都，驻扎米兰，治理帝国西部。戴克里先自己驻扎小亚细亚治理帝国东部。此举，导致了日后罗马帝国之分裂。

柏杨先生讲的"东西方世界"，只是讲了古罗马帝国等，算是汪洋大海里的"若干桶水"。但已为"第三世纪"的中国衬托出一幅宽延的"时代背景"，世界的另一端也在"分合"之中，人类的文化交流融合正在悄然进行。汉之亡，三国之争雄，晋之初兴，在百年之间，也只是世界大地上诸多壮剧中的一幕……

研究历史，可从一域看仔细，亦可从全域看究竟，"古"与"今"，"纵"与"横"，角度稍有移动，景色也就不同了。"钻进去"，还要"跳出来"，这是历史研究之大幸，也是史学家之大幸。

公论

仕途，对每一个人，是自己在走，然而，这条路又在众目睽睽之下。做了什么，做成了什么，做坏了什么，为谁而做，众人会有客观的评说。这评说或在"当时"，或在"身后"。

《资治通鉴》中，曾讲到前燕帝国尚书左仆射广信公悦绾的革新历程："燕王公贵戚多占民为荫户，国之户口少于私家，仓库空竭，用度不足。尚书左仆射广信公悦绾曰：'今三方鼎峙，各有吞并之心。而国家政法不立，豪贵恣横，至使民户殚尽，委输无入，吏断常俸，战士绝廪，官贷粟帛以自赡给；既不可闻于邻敌，且非所以为治，宜一切罢断诸荫户，尽还郡县。'燕王从之，使绾专治其事，纠摘奸伏，无敢蔽匿，出户二十余万，举朝怨怒。绾先有疾，自力厘校户籍，疾遂亟。冬，十一月，卒。"

悦绾之"新政",富了国家,得罪了权贵豪族,虽然国家得益,而他个人却大为受损,劳累固然加重了病情,但政治上的挤压更会雪上加霜。悦绾死了,最高兴的当然是他的敌人。其实,这些敌人,不只是他的敌人,更是国家的敌人。作为国家的敌人,这些权贵豪族,日夜不停一铲一镐地挖掘着国家的墙基,损害着百姓的利益,一直到大墙轰然坍塌,到人民不堪重负而反,到被强敌吞并。悦绾,是不愿看到这一结局的少数头脑清醒的人。

柏杨先生曾这样写道:"悦绾先生只不过小小的改革,已怨声载道。像公孙鞅先生、王猛先生惊天动地般的改革,自然更没有好评。不知其人观其友,然而,更精确的判断方法,却是:不知其人观其敌。反对人数的多少,不能作为评价标准,要看友人是什么人?敌人是什么人?人,只有伪装的朋友,没有伪装的敌人,所以从一个人的敌人身上,容易折射出那个人的真实面貌。故一个人受抨击并不重要,重要的是抨击的内容和谁对他抨击!我们用这个方法评估公孙鞅、王猛、悦绾,以及以后的王安石先生、张居正先生,结论都不致太过离谱。"

柏杨先生这番感想和议论,是否准确公允,暂且不说。有一点可以肯定,柏杨先生在为悦绾先生鸣不平。成为众人拥戴的对象，并不是冷酷无情的人，且应是感情极为富集的人。只不过，这类人，善于将众人的所需所愿所盼所望升华，变成"志向"和"追求"。仕途，对每一个人，是自己在走，然而，这条路又在众目睽睽之下。做了什么，做成了什么，做坏了什么，为谁而做，众人会有客观的评说。这评说或在"当时"，或在"身后"。悦绾付出的一切，在"当时"触犯了一些权贵豪族的利益，他不可能赢得"当时"的客观公正的评价。

时至今日，后人为已故一千多年的悦绾"平反"，说几句公道话，晚是晚了些，但折射回味"朋友"与"敌人"的话题，于今日有裨益，于明天，也不无意义。

清者

"清者自清",作为人生自我勉励的"豪言壮语",无法用世俗的标准来衡量。清醒、清正、清高,是隐者之风骨,隐者之气节,更是隐者之境界。韩愈是在讲友人,也是在讲自己。

韩愈《送李愿归盘谷序》,处临别赠言之林,成赠序名篇佳作。苏轼曾赞道:"唐无文章,惟韩退之《送李愿归盘谷序》而已。"

此文之起,已属脱俗:"太行之阳有盘谷:盘谷之间,泉甘而土肥,草木藂茂,居民鲜少。"再往下,作者勾勒出了三种人。其一为"大丈夫者",主要特征为:"利泽施于人,名声昭于时,坐于庙朝,进退百官而佐天子出令。其在外,则树旗旄,罗弓矢,武夫前呵,从者塞途,供给之人,各执其物,夹道而疾驰。喜有赏,怒有刑,才畯满前,道古今而誉盛德，入耳而不烦。"这类人"粉白黛绿者，列屋而闲居"。第二种是"盘谷隐者"，其主要特征是："穷居而野处，升高而望远，坐茂树以终日，濯清泉以自洁。采于山，美可茹；钓于水，鲜可食。起居无时，惟适之安。"所持之理念是："与其有誉于前，孰若无毁于其后；与其有乐于身，孰若无忧于其心。车服不维，刀锯不加，理乱不知，黜陟不闻。"这种人似是做人的典范。其三呢，是只重名利不论道义之徒："伺候于公卿之门，奔走于形势之途，足将进而趑趄，口将言而嗫嚅，处秽污而不羞，触刑辟而诛戮，徼幸于万一，老死而后止。"

韩愈三岁成孤儿，二十四岁中进士，最后官职是吏部侍郎。五十六岁生涯，不算长寿。这篇《送李愿归盘谷序》，是韩愈三十四岁时所作，此时，他中进士已十年。盘谷，位于河南济源。此为隐者李愿居住之处。"盘之中，维子之宫。盘之土，可以稼。盘之泉，可濯可沿。盘之阻，谁争子所！窈而深，廓其有容；缭而曲，如往而复。"这是作者心目中的"盘谷"，乐土家园，游闲胜地。

绘写李愿隐居之地的景色，引述李愿评论世道之言，韩愈借此景此言，贬责了骄奢淫逸、趋炎附势之行径，抒发了"清者自清"的意气和操守。"清者自清"，作为人生自我勉励的"豪言壮语",无法用世俗的标准来衡量。清醒、清正、清高,是隐者之风骨,隐者之气节,更是隐者之境界。韩愈是在讲友人,也是在讲自己。

比较

> 每一学说和思想"纵向"的差异变化,与不同学说和思想间"横向"的"互照",是中华文明演进过程中不容忽视的现象。

孟子曾语:"天下之言,不归杨,则归墨。"此处"杨"指杨朱,生于约公元前395年,卒于公元前335年,战国初著名哲学家,魏国人。作为道家观点,杨朱对墨家"兼爱"和儒家"伦理"进行了批评。杨朱"全性葆真,不以物累形"、"贵生重己"的哲学,另树一帜,"利己"色彩十分浓厚。孟子看不起杨朱学说,称其为"拔一毛而利天下不为也"。

墨子,生于约公元前480年,卒于公元前420年,鲁国人。曾习儒,厌其礼烦,另立新说。认为"爱"不应有亲疏贵贱之分,提出"尚贤"、"尚同"、"兼爱",主张"官无常贵,民无终贱"、"饥者得食,寒者得衣,劳者得息",有《墨子》

五十三篇传世。

孟子，生于公元前390年，卒于公元前305年，战国中期邹人。墨子死后三十年，孟子生；杨朱死后三十年，孟子死。

孟子谈"杨"说"墨"，承认在那个时代里两家的影响力，实际上有一种酸楚感。儒家学说在那时尚不成气候，居非主流之位。作为孔子之孙孔伋的门人，孟子历游齐、宋、滕、魏等国，像孔丘一样，努力宣扬着自己的政治主张。儒家学说渐渐从边角走向舞台中心，是在孔、孟之后。杨家、墨家之衰落，根因又在哪里呢？而再追想，在那个动荡的年代里，杨、墨思想何以吸引了众人？那个年代里，人们心灵里最缺少的，杨、墨思想是否都能弥补？

回首两千年，再看杨、墨、儒三家，就其影响力来讲，儒家早已"后来居上"了。儒家思想的影响力由小而大，由弱变强，值得在"比较"中进行认识。每一学说和思想"纵向"的差异变化，与不同学说和思想间"横向"的"互照"，是中华文明演进过程中不容忽视的现象。

败因

> "治国无失其道",这句话相当关键。得其道,可以让有优点也有缺点的属下各尽职守,皆成良臣名将;失其道,原本可以成为良臣名将的人,也会变成乱臣贼子。

在《资治通鉴》中,司马光有一段评论苻坚败亡的话,耐人寻味:"论者皆以为秦王坚之亡,由不杀慕容垂、姚苌故也。臣独以为不然。许邵谓魏武帝治世之能臣,乱世之奸雄。使坚治国无失其道,则垂、苌皆秦之能臣也,乌能为乱哉?坚之所以亡,由骤胜而骄故也。魏文侯问李克,吴之所以亡,对曰:'数战数胜。'文侯曰:'数战数胜,国之福也,何故亡?'对曰:'数战则民疲,数胜则主骄,以骄主御疲民,未有不亡者也。'秦王坚似之矣。"

司马光这里讲到的许邵,是东汉末名士,生于公元150

年，卒于公元195年，喜欢评论人，且能说得头头是道。他评论曹孟德的话，尖刻又深刻。曹操，同慕容垂、姚苌一样具有两面性，换一个大环境，竟能成为另一种模样。这个大环境的主宰者，应该是类似苻坚这样的大人物。

值得注意的是司马光引用的魏文侯与李克的一番对白。作为战国初魏国的建立者，魏文侯晚年任用李悝为相，以吴起、乐羊为将，奖耕励战，变法图强，终使国强民富，令诸国刮目。李克，即李悝也。君臣二人，推心置腹，纵谈横议吴国亡败原因。公元前473年，越国向吴国发起全面进攻，吴王夫差战败自杀，吴国立国一百一十四年后灭亡。在此之前，吴王夫差曾接连大胜，扬扬得意，一度沉湎于歌舞升平之中。魏文侯与李悝讲起这段不算太远的"往事"（魏文侯，公元前445年至公元前396年在位；李悝生于公元前445年，卒于公元前395年），总结出了所以败亡的四个字："数战数胜。"人民疲惫而国君骄傲，岂有不败之理？

"治国无失其道"，这句话相当关键。得其道，可以让有优点也有缺点的属下各尽职守，皆成良臣名将；失其道，原本可以成为良臣名将的人，也会变成乱臣贼子。治理国家，各类事务林林总总，但最基本的、最要紧的还是治国之道。而治国之道，不外乎以民为本，天下为公，德主刑辅，扶贫济弱,宽严相济,确保民富、民安、民乐。表面看,司马光是在探讨苻坚败因,他从慕容垂、姚苌这两个"叛臣",讲到许邵如何评论曹操,讲到魏文侯、李悝的问答,实际上,他想借苻坚之败迹,给更多人以教训的积累,使更多的人避免重蹈苻坚的覆辙。

任才

"随时任才,皆能致治。"读中外史书,就用人之道讲求现实这一点,谁也比不上姚兴这段话说得透彻。

《资治通鉴》载:

兴命群臣搜举贤才。右仆射梁喜曰:"臣累受诏而未得其人,可谓世之乏才。"兴曰:"自古帝王之兴,未尝取相于昔人,待将于将来,随时任才,皆能致治。卿自识拔不明,岂得远诬四海乎?"群臣咸悦。

读中外史书,就用人之道讲求现实这一点,谁也比不上姚兴这段话说得透彻。

姚兴，生于公元366年，卒于公元416年，十六国时后秦国君。公元394年至公元416年在位。他是姚苌的儿子，在前秦王朝曾为太子舍人。父亲姚苌四处征战时，姚兴常镇守后方，甚有威惠。姚苌死后，姚兴即后秦王位，在位期间，灭前秦、西秦以及后凉，与北魏、东晋抗衡，提倡儒学，注重教育。姚兴这个人从善用人才方面讲，做得不算出色，有人甚至认为他还有些糊涂。但就这番话而论，姚兴讲人才的"有"与"无"，却很是精辟。

"取相于昔人，待将于将来"，这当然是不现实的。这里，关键是人才的标准问题。标准过高或没有标准，就可能只见其短，无视其长。人才，只会是有缺点、有毛病、有不足之人才，而不会是"纯金"的"全才"。梁喜所谓"世之乏才"，一定是思想上或眼力上出了"故障"。

社会的发展，在大多情况下是逐渐进步的，而少急剧变革。"零碎工程"一个个成功了，"高楼大厦"也就矗立起来了。一夜之间天翻地覆的事情，其成本是巨大的，更是罕见稀有的。就渐变而言，需要的是适时而出的众多务实人才。"随时任才，皆能致治"，这句话讲得精辟。人类社会，从古至今，于中国，于外国，人与人之间，才情智慧、能力体质、职业爱好，差异是一直存在的。不论什么时代，物质条件总是有限的，而同样的物质条件下，把人的潜能和智慧用足用好了，就能产生最佳的社会效果。治国之要，善于培养和使用人才是重要的方面，而任何人才，都不是从天上掉下来的，都是在一定的社会背景下，由家庭和社会"培育"出来和"推举"出来的。"随时任才"，就是根据现实需要，把能够解决现实矛盾和问题的人才立刻用起来。任才，还要因才适用。清人顾嗣协《杂诗》中写道："骏马能历险，犁田不如牛。坚车能载重，渡河不如舟。舍才以避短，资高难为谋。生材贵适用，慎勿多苛求。"把有特长的人才用到合适的地方，是善用人才的表现。人才等不来，人才亦借不来，只要善于发现和使用人才，人才便会一个个"走"出来，"飞"起来。

镜鉴

> 镜鉴，往往是"合成品"。诸多历史人物的得失、长短、成败，可能组合成为一面明亮的镜鉴，拿王猛比诸葛亮，比王安石，从这个角度看，也不算牵强。

王猛，字景略，五胡十六国时前秦大臣，生于公元325年，卒于公元375年，出身寒微，博学通兵书，公元357年苻坚即位，即受重用。他居相位，谋大事，整吏制，惩豪强，奖桑农，拔人才，兴儒学，使前秦一度国富兵强。

柏杨先生对王猛评价甚高："王猛先生是中国最伟大的政治家之一，在他之前有诸葛亮，在他之后有王安石。诸葛亮先生欠缺军事上的成就，王安石先生欠缺坚强的支持力量，所以王猛先生得以独展长才"，"不但国泰，而且民安。距今虽已一千余年，但仍使我们对于那个辉煌的时代，怦然心动。

可惜王猛先生早逝，假使上苍延长他十年二十年寿命，他带给社会的政治轨道，会更加稳固。"

王猛得到如此夸赞，是有根因的。前秦王国，起于草莽，然速强迅盛，苻坚和王猛"君臣相得"起了关键作用。

王猛一生，仅五十个春秋。苻坚一生，也只有四十七个春秋。前秦王国，从兴至亡也只有四十四年。公元383年"淝水之战"，是前秦王国生死存亡的转折点，尽管这一幕王猛没有看到，但两年后苻坚的悲惨结局恰使人更想念王猛：若王猛仍在，历史或许会改写。

这里，柏杨先生讲了诸葛亮的欠缺，讲了王安石的欠缺，反衬了王猛自身的素质全面、苻坚的全力支持和信任。把不同时代的政治人物"纵比横量"，很难做到公平。历史背景、历史条件、必然的因素和偶然的相遇，对处于特定时代的政治人物来说，许多时候是自己左右不了的。尽管如此，史学家仍免不了生出比一比之心，常常把不同时代的他们，绘进同一幅画卷上去，看浓淡，论高低，分大小，掂轻重。实际上，这是史学家责任使然，良心使然。史学家苦心经营的东西，是镜鉴。镜鉴，往往是"合成品"。诸多历史人物的得失、长短、成败，可能组合成为一面明亮的镜鉴，拿王猛比诸葛亮，比王安石，从这个角度看，也不算牵强。

凡圣

> 作为子孙后代,要崇拜祖先的荣光,更要立下再创新业的志向,因为新的"圣人"还会涌现,还将有"凡人"变成"圣人"。

韩愈一生,极排佛、老,力树儒家道统观念。韩愈《原道》,便是一篇为儒学张扬正名之文。其中"古之时"一段,连用十七个"为之"句式,数"圣人"功德,淋漓酣畅,一气呵成。文章在写法上值得借鉴,但其观点、其思想内涵,值得再推敲。

古之时,人之害多矣。有圣人者立,然后教之以相生相养之道,为之君,为之师,驱其虫蛇禽兽,而处之中土。寒,然后为之衣;饥,然后为之食。木处而颠,土处而病也,然后为之宫室。为之工,以赡其器用；为之贾，以通其有无；为之医，药以济其夭死；为之葬埋祭祀，以长其恩爱；为之礼，以次其先后；为之乐，以宣其湮郁；为之政，以率其怠倦；为之刑，以锄其强梗。相欺也，为之符、玺、斗、斛、权衡以信之。相夺也，为之城郭甲兵以守之。害至而为之备，患生而为之防。

这里，韩愈用两百多个字，概括了人类"进化"的方方面面，绘出了一幅广远的社会画卷。"古之时，人之害多矣"。在人类社会初始，人类面临极大的生存危机，既要解决衣食住行之难，又要防范与生俱来的疾患。韩愈将一切难题的破解，通通归于"圣人"的功劳。结论是："如古之无圣人，人之类灭久矣。"显然落入了"英雄创造历史"的狭域。

人类的"进化"，是人类在苦楚和挑战中认识自然、战胜灾害、顺应规律的过程，是人类在危难困苦中认识自己、完善自己、修炼自己的过程。在这漫长的过程中，舞台上的主体是劳动大众。劳动大众的创造、发明，保障了人类的生存需要，也拓展了自身的"进化"空间。将"除害兴利"的所有功劳归于极少数"圣人"，失于偏颇，失于简单。如锯的发明者，是什么"圣人"？不是伐木工吗？如犁的发明者，是什么"圣人"？不是耕农吗？诸多的发明者，都是无名氏，而真正有名有姓的发明者又有多少呢？历史进化之从容，在于大众发明、创造之"无形无声"。于不张扬、不显赫间，完成了一桩桩、一件件伟业。

韩愈《原道》一文，对于儒家复兴有着历史地位。把"圣人"作为"凡人"的代表，把"凡人"们的功劳归结于"圣人"身上，是中国古代历史和西方一些国家历史记载的共同特点。应该这么说，"圣人"就是"凡人"。正是"凡人"在劳动和创造中克服、战胜了一个个艰难险阻，"圣人"才诞生了。最伟大的人，是劳动者和创造者。作为子孙后代，要崇拜祖先的荣光，更要立下再创新业的志向，因为新的"圣人"还会涌现，还将有"凡人"变成"圣人"。

痕印

人类历史,"金银财宝"留下了多少?这可以计数,亦可以穷尽。然而,一些前人在"顺境"和"逆境"中的真知灼见,其价值无法以平常的尺子和价值来衡量。

《资治通鉴》载:"暠手令戒诸子,以为'从政者当审慎赏罚,勿任爱憎,近忠正,远佞谀,勿使左右窃弄威福。毁誉之来,当研核真伪。听讼折狱,必和颜任理,慎勿逆诈亿必,轻加声色。务广咨询,勿自专用。吾莅事五年,虽未能息民,然含垢匿瑕,朝为寇雠,夕委心膂,粗无负于新旧,事任公平,坦然无类,初不容怀,有所损益。计近则如不足,经远乃为有余,庶亦无愧前人也。'"

十六国之际,西凉王国并不算强大,从立国到亡国,也不过二十二年。李暠生于公元351年,卒于公元417年,他创建西凉王国，在位十七年。作为开国之君，李暠自有训子之责，也有经验教训之资本。虽然他这番话并没有救了西凉王国，其子继位后也没有多少时间实践父训，但不能说这些道理不对，更不能说其他人用不上。这段文字，"逆诈亿必"四个字，值得稍作细述。《论语·宪问篇》中有"不逆诈，不亿不信"；《论语·子罕篇》中有"毋意、毋必、毋固、毋我"。逆诈，事先猜疑他人，早已存心欺诈；亿，主观臆度，不作调查，就做出判断。

实际上，李暠总结的东西，是自己的，是前人的，也是同代人的。在一个攻战不断、血流成河的年代，李暠要告诉儿子的事理不仅发自内在，而且语重心长。他死后，仅仅五年，西凉王国便被北凉王国所灭。从另一个侧面，也看出时势之凶险，这种儿子来不及实践父训的悲剧，着实让人痛惜。

这番话，有三句给人以振聋发聩之感：

第一句："从政者当审慎赏罚，勿任爱憎。"赏也好，罚也罢，应有一个客观标准，不要由自己喜好爱恨来左右。道理说得明白，做到这一点，并不是很容易的事。

第二句："毁誉之来，当研核真伪。"赞扬、吹捧、顺服的话，听着顺耳；批评、责怪、咒骂的话，听着逆耳。要使耳朵不偏听偏信,就要辨别话的动机,话来去的"原本"。

第三句:"朝为寇雠,夕委心膂,粗无负于新旧。"为政者要有胸怀,秉公做事,可以化敌为友,可以求同存异,可以相逢一笑泯恩仇。

西凉王国,其兴也速,其亡也快,像一阵风,来去匆匆,飘然而过。然而,即使二十二年间什么也没留下,有李暠这番"至理名言",也算于人世有所痕印。其国虽亡,其言不死。

人类历史,"金银财宝"留下了多少?这可以计数,亦可以穷尽。然而,一些前人在"顺境"和"逆境"中的真知灼见,其价值无法以平常的尺子和价值来衡量。珍贵的东西,有时只是瞬间的闪光。读西凉国史,忘记了李暠这个人和这番话,是不应该的。

真情

十六国史，长的不长，短的极短，然而就在"开场"、"过场"、"收场"之间，一幕幕的悲欢离合活剧，确有让人潸然泪下的力量，也确有人间正道之火不灭不熄的闪光。

《资治通鉴》中，记载了十六国时期这样一个"小故事"：

南燕主备德仕秦为张掖太守，其兄纳与母公孙氏居于张掖。备德之从秦王坚寇淮南也，留金刀与其母别。备德与燕王垂举兵于山东，张掖太守苻昌收纳及备德诸子，皆诛之，公孙氏以老获免，纳妻段氏方娠，未决。狱掾呼延平，备德之故吏也，窃以公孙氏及段氏逃于羌中。段氏生子超，十岁而公孙氏病，临卒，以金刀授超曰："汝得东归，当以此刀还汝叔也。"呼延平又以超母子奔凉。及吕隆降秦,超随凉州民徙长安。平卒,段氏为超娶其女为妇。

对这段"故事",柏杨先生发过一番感慨:"凡是大义,必有深情,一片尔虞我诈,反复残杀的苦海中,呼延平先生是人性的圣火,引导人类保持善良,航抵彼岸。呼延平先生付出的代价是沉重的,不是一个世俗的庸碌之辈所能承受,所以不能要求每个人都能如此,但可用来评价自己,当自己发现自己无法做到呼延平先生做到的事时,对人就会充满宽恕,对侠情义行,就会充满尊敬。"

南燕王国,位于山东半岛,建国十一年后灭亡。

南燕君王慕容德曾任前秦王国张掖太守。他在"起兵"过程中,家人受到了诛连。这段"故事"讲的是慕容德的侄子慕容超(南燕王国继承人)的落难经历,"主角"是一个叫呼延平的监狱看守,他曾系慕容德的旧属。

一把金刀,见证了亲人聚散的全过程。在血与火的环境里,呼延平带着慕容德的母亲、嫂嫂、侄儿,颠沛流离,逃灾避难,走过了一段感人至深的危难真情历程。呼延平逝世后,为了报答恩情,慕容德的嫂嫂让儿子慕容超娶了呼延平的女儿为妻。在那样一个腥风血雨的年代里,这段人间真情,如黑暗中的一颗星，照亮了夜空，也照亮了人间。

十六国史，长的不长，短的极短，然而就在"开场"、"过场"、"收场"之间，一幕幕的悲欢离合活剧，确有让人潸然泪下的力量，也确有人间正道之火不灭不熄的闪光。呼延平，一个平常的人，在千百年后，还让人惦记着，为什么？是因为他代表了人民大众中深藏厚护的真善美，即使在腥风血雨的冲刷下，也不肯低头，不肯退让，人类能生生不息，根因也就在这里。

家园

　　实际上，无论什么历史伤痛，都会在愈合之后留下疤痕，十六国史也是一样。一般读者，进入这段岁月，都有些眼花缭乱，殊不知，正是这段岁月，后人还需耐住心再往深处走看。

　　读十六国史，让人掩卷长思。这段历史，使人心碎，也令人难忘。在这段历史的政治舞台上，一个个"国君"，实际上是一个个"将军"。整个中国北方，变成了战场。男儿赴沙场，妻母愁断肠。柏杨先生在《中国人史纲》中曾这样说："一百三十六年当中，几乎一支军队就建立一个帝国，蓦然间一批人集结在一起，马上组织政府，封官拜爵，发表文告，自称圣君贤相。还没有等到人民弄清楚是怎么回事，它已烟消云散，只留下无数尸体和无数哭泣的孤儿寡妇。"这样的大洗牌，给人民的生产、生活带来了无尽痛苦。这是分裂之苦、分裂之痛。

中华民族的文化，核心是江山一统，民族团结和睦，人民安居乐业。五胡十六国时期，让人不堪回首。然而，即使在那动荡的年月，人间真善美的一切，竟还能在瓦砾和烽烟中得以保存、延续，后人仍可在大动荡后复兴和经营新的家园生活。当一切重新开始时，那些曾于这方土地上争斗的"国君"、"将领"，早已不见踪影，带着这段"新战国史"，茫茫远去。而芸芸众生，于春夏秋冬，用辛勤的汗水，浇灌着这片沃土。耕耘中的收获，渐渐抚平了历史的创伤。实际上，无论什么历史伤痛，都会在愈合之后留下疤痕，留下疤痕，为的是让后人不忘前事，汲取教训，十六国时期也是一样。一般读者，进入这段岁月，都有些眼花缭乱，殊不知，正是这段岁月，后人还需耐住心再往深处走看。

疗伤

> 现实的冷酷，恰成理想的温床。史书的沉重和苍凉，多因无数人曾遭受过的心伤。读此文，回首往昔，遥想未来，生发叹息之间，还会有更深的忧思。

文路随心迹而走。在二百多年前，清御史谢济世有篇短文，读来让人想到很多。谢济世，字石霖，号梅庄，他这个人，在史上落下了一些属于自己的"笔墨"。给人印象最深的，是他曾因弹劾河南巡抚田文镜而遭贬责，戍边途中，写下《戆子记》一文。此文不长，似乎属小说体裁，但叙事中深藏哲理，于无限感触中，把自己比做了文中的"戆子"，令人掩卷长思：

梅庄主人在翰林。佣仆三，一黠，一朴，一戆。

一日，同馆诸官小集，酒酣，主人曰："吾辈兴阑矣，安得歌者侑一觞乎？"黠者应声曰："有。"既又虑戆者有言，乃白主人，以他故遣之出，令朴者司阍，而自往召之，召未至，戆者已归，见二人抱琵琶到门，诧曰："胡为来哉？"黠者曰："奉主命。"戆者厉声曰："吾自在门下十余年，未尝见此辈出入，必醉命也！"挥拳逐去。客哄而散，主人愧之。

一夕，燃烛酌酒校书。天寒，瓶已罄，颜未酡，黠者呴朴者再沽。遭戆者于道，夺瓶还，谏曰："今日二瓶，明日三瓶，有益无损也；多酤伤费，多饮伤生，有损无益也！"主人强颔之。

既而改御史。早朝，书童掌灯，倾油污朝衣。黠者顿足，曰："不吉！"主人怒，命朴者行杖。戆者止之，谏曰："仆尝闻主言，古人有羹污衣、烛然须不动声色者，主能言不能行乎？"主人迁怒曰："尔欲沽直邪？市恩邪？"应曰："恩自主出，仆何有焉？仆效愚忠，而主曰沽直！主今居言路，异日跪御榻，与天子争是非，坐朝班，与大臣争献替。弃印绶其若屣，甘迁谪以如归，主亦沽直而为之乎？人亦谓主沽直而为之乎？"主人语塞，谢之，而心颇衔之。

由是黠者日夜伺其短，诱朴者共媒蘖，劝主人逐之。会主人有罪下狱，不果。

未几，奉命戍边，出狱治装。黠者逃矣。朴者亦力求他去。戆者攘臂而前，曰："此吾主报国之时，即吾侪报主之时也。仆愿往！"市马，造车，制穹庐，备粱糗以从。于是主人喟然叹曰："吾向以为黠者有用，朴者可用也。乃今而知黠者有用而不可用，而戆者可用也；朴者可用而实无用，而戆者有用也。"

养以为子，名曰戆子云。

人世间，古今中外，最让人怅然的伤痛，不是刀伤、枪伤，而是心伤。刀伤、枪伤易于治愈，而心伤难以抚平。因忠诚而罹难者，心伤更是深重。作为康熙五十一年进士，御史职上，谢济世自守直言之责，他认为只须带着一颗忠心，讲什么、讲多少，并不重要。结果，他当然是想错了。在封建时代的官场里，忠诚者和成功者往往是两回事，奸诈者常常也非失败者。谢济世笔下的"聪明人"，狡黠无比，也最靠不住，然而在平日里最讨主人欢心；"朴实人"随波逐流，左也行，右也可，既不挡风，也不遮雨。而"呆傻者"，凡事替主人谋划思量，最为无私无畏，但在主人眼里显得碍手碍脚。

这种对比，是鲜明而无奈的。文尾处，"呆傻者"成了主人危难之际可依可靠的人，而"聪明人"早无影踪了。"梅庄主人"此时明白了吗？看来是明白了："吾向以为黠者有用，朴者可用也。乃今而知黠者有用而不可用，而戆者可用也；朴者可用而实无用，而戆者有用也。"

老子道："大成若缺，其用不弊。大盈若冲，其用不穷。大直若屈，大巧若拙，大辩若讷。"这番话，把表象和本质、外与内的关系，算是点透彻了。其深刻的道理，在"梅庄主人"这里也得到了某些印证。在文中，"梅庄主人"明白了。在另一层面，谢济世同时代以及后来更多的人，明白了吗？

《戆子记》中的"梅庄主人"经历的起起伏伏及心灵深处的伤痛，不论明指还是暗含，催人警醒的力量都是巨大的。现实的冷酷，恰成理想的温床。史书的沉重和苍凉，多因无数人曾遭受过的心伤。读此文，回首往昔，遥想未来，生发叹息之间，还会有更深的思考。心伤，定是要"医疗救治"的。人类的进步，认知、顺应、改造、融处大自然是一方面，另一方面，认知人类进化中的曲折过程和光明未来也是必须的。

墨润

> 纪昀离开人世这一年,吴敏树刚好出生,而人与砚之间的情感,竟一样深沉。

文人之风骨,见诸文字,有"直说"与"隐喻"之别。"直说"爽快犀利,而"隐喻"深沉久远。清人吴敏树《石君砚铭》是篇难得的咏颂文人风骨的佳文。此文不长,录其如下:

石君,余砚也。昔在辛卯之岁,与亡弟半圃读书岳麓,以钱三万,取之友人家。砚体甚巨,形制古异,无他文饰,惟池旁有"停云馆"三字。验其刻未工,盖谬为文待诏家物以炫售者。然砚故良石也。半圃喜学书,余以砚属之。颇贵之,未肯轻用。及亡,余痛此砚遂废无事,命工稍镌治之,摩去旧刻,常供之案间。

一日，久雨始晴，日光照书室，砚在盖下，喷沸有声。怪而启之，清水盈溢，以此益知其尤，愈宝爱之，以姓号之"石君"。余既无能遭遇发扬于世，而文字日颇有名，恐遂抱砚为庸人役，故作为是铭，将求善工而刻之其背，铭曰：

年可寿若老彭，吾不以墨之汁而佐彼之觚；行可赠若班生，吾不以毫之颖而赆彼之程。匪墨之私，匪毫之爱，恐污吾石君之生平。呜呼！石君兮，吾与君铭。

以砚自况，吴敏树以"无情之物"抒发"有情之人"的心声，讥讽谀媚上者的同时，也张扬着"清者自清"的人生意气。

吴敏树生于1805年，卒于1873年，字本探，自称柈湖乐生翁。道光年间举人，做过湖南浏阳训导这样的"文官"，因不能行其志，自免归乡，以文墨润其生涯，著有《柈湖文录》《柈湖诗录》等。1831年，二十六岁的吴敏树用三万钱从友人家买下了一方砚台，其弟半圃十分喜欢这方砚，吴敏树就将这方砚送给了弟弟，而弟弟平日里不舍得轻易使用。半圃故去后，砚又回到了吴敏树的书桌上。

由吴敏树以砚自况，想起了生于1724年、卒于1805年的纪昀曾写过的一首咏砚诗："枯砚无嫌似铁顽，相随曾出玉门关。龙沙万里交游少，只尔多情共往还。"纪昀离开人世这一年，吴敏树刚好出生，而人与砚之间的情感，竟一样深沉。"冰雪林中著此身，不同桃李混芳尘。"元代画家王冕曾用这样的诗句表达高洁之性情。吴敏树之文，重在抒发一种人生的价值观。砚石无情而主人有情，如此，砚石便也成有情之物了。此文的精华，在文尾的"铭文"，"吾不以墨之汁而佐彼之觥"，"吾不以毫之颖而赆彼之程"，文墨之无价，清清白白。"匪墨之私，匪毫之爱，恐污吾石君之生平。"话说到这里，才算是"透底"了。

发现

　　走到今日,我们仍可以说,对这段历史,我们还需要弯下腰身,再将土层翻开,将泥中之瓦砾细细地用筛子过些遍次,看看前人和我们尚遗漏了什么重要的、有分量的东西,或许会有更轰动的和刻骨铭心的"发现"。

　　秦人最初是为周天子养马的一个小部落,生活于甘肃天水一个小山川。

　　"英雄不问出处"。秦人之始,不过如此。然而,如江河之端,涓涓细流,终成洪流。从秦人到秦国,再到秦帝国,经历了五百五十年的征战,在生与死的洗礼中,"秦"字由"小"变"大",算是一段极为精彩而罕见的"发家史"。读"发家史"与读"败家史"一样,能够品出许多独特的滋味。

　　秦帝国的历史,是这两者的结合,其兴也值得研究,其败更值得总结。这段用血和泪浇铸成的岁月，其借鉴的价值是无可比拟的。天下之事，在有生有死、有兴有衰、有起有落上，并无根本之差别，而差别在于"过程"的长短和曲折的程度。比如，有的封建王朝，会拥有百年以上的"黄金时期"，而有的封建王朝，"兴旺发达"的日子不过几年间；有的封建王朝，在某一个时点，开始走下坡路，晃晃悠悠，慢慢地"病死"；有的封建王朝，在某一个时点，突然土崩瓦解，庞然大物，轰然倒下，可谓"暴亡"。

由秦兴到秦亡，想到了老子的一句话："是以兵强则不胜，木强则兵。强大处下，柔弱处上。"曾是弱小的秦，渐渐变得强悍，而前面的秦王成为不可一世之君王，末代的秦王成为阶下囚，变成过眼云烟，不能不令人思索兵强何以不胜的因缘根由。对秦帝国史，历代史学研究得比较细，甚至在文学家的笔下也被深刻触及，如贾谊之《过秦论》。但是，走到今日，我们仍可以说，对这段历史，我们还需要弯下腰身，再将土层翻开，将泥中之瓦砾细细地用筛子过些遍次，看看前人和我们尚遗漏了什么重要的、有分量的东西，或许会有更轰动和刻骨铭心的"发现"。对历史的"发现"不是一次能完成的，会是一个漫长的过程，是有"始"无"终"的过程。

主流

人间的正义力量，真善美的一切，永远是社会的主流。这正义力量，确保着对邪恶势力的打击和遏制。如若不是这样，人类社会就无法进步、发展了。

九鼎被奉为神物，"一言九鼎"这句话更为人耳熟能详。鼎者，在古代本是用来煮东西的炊具，三足两耳。渐渐地，鼎超越了家用的范畴，成为某种象征。九鼎之说源于哪里呢？《左传》中记载了楚庄王与王孙满的对白，既交代了此物之由来，更揭示了此物与人德的"内在关联"。九鼎为人造之物，却又有了"天命"的象征力量，因而，也就不凡了。

不仅如此，在古人看来，九鼎还是人之德行变化的见证。德行好的人拥有九鼎，证明着权位的合法。而德行差的人呢？不想拥有九鼎吗？想，太想了，这想的人中，就包括了楚庄王。

人世间，让某种物品变成某种象征，对物品而言，是幸运，也是灾难。九鼎便是其一，王莽夺取汉室皇权，托古改制，靠的便是这天降神物，用以迷惑众人。

"德之休明，虽小，重也；其奸回昏乱，虽大，轻也。"这句话，似乎是对"神物"的一种超越，把"轻"与"重"的衡量，放在了另一个天平上，那就是人格、人品、人德的天秤。这样说来，也算对觊觎者的一种警告——即使得到了它，也等于失去了它，因为，它的分量是随主人德行好坏而变化的。当某种物品成为"神物"，而人又能"跳出来"认识它，实在难能可贵。

物品就是物品。而物品为谁所用，所起的作用也会不同。正如枪炮刀箭，拿在不同人手中，人间便会有不同的悲欢离合故事。人间的正义力量，真善美的一切，永远是社会的主流。这正义力量，确保着对邪恶势力的打击和遏制。如若不是这样，人类社会就无法进步、发展了。

爱民

> 为官者，若不懂得不知晓不关心人民的疾苦，一定会成为高位上的废人和历史上的罪人。

苏轼《喜雨亭记》，读来十分流畅，寄托了与民忧乐与共的真实情感。1061年，苏轼到凤翔府任签书判官。第二年，苏轼修建官舍，园中建有"喜雨亭"。此亭何来？请读下文：

亭以雨名，志喜也。古者有喜，则以名物，示不忘也。周公得禾，以名其书；汉武得鼎，以名其年；叔孙胜狄，以名其子。其喜之大小不齐，其示不忘一也。

予至扶风之明年，始治官舍。为亭于堂之北，而凿池其南，引流种树，以为休息之所。是岁之春，雨麦于岐山之阳，其占为有年。既而弥月不雨，民方以为忧。越三月，乙卯乃雨，甲子又雨，民以为未足。丁卯大雨，三日乃止。官吏相与庆于庭，商贾相与歌于市，农夫相与忭于野，忧者以喜，病者以愈，而吾亭适成。

于是举酒于亭上，以属客而告之曰："五日不雨可乎？"曰："五日不雨则无麦。"曰："十日不雨可乎？"曰："十日不雨则无禾。""无麦无禾，岁且荐饥，狱讼繁兴而盗贼滋炽，则吾与二三子，虽欲优游以乐于此亭，其可得耶？今天不遗斯民，始旱而赐之以雨。使吾与二三子得相与优游而乐于此亭者，皆雨之赐也。其又可忘耶？"

既以名亭，又从而歌之，曰："使天而雨珠，寒者不得以为襦；使天而雨玉，饥者不得以为粟。一雨三日，伊谁之力？民曰太守。太守不有，归之天子。天子曰不然，归之造物。造物不自以为功，归之太空。太空冥冥，不可得而名。吾以名吾亭。"

古代之农业，基本上是"靠天收"。大旱、大涝对农民来讲，等于灭顶之灾。

"周公得禾"、"汉武得鼎"、"叔孙胜狄"……作者从前人之收获，落笔于百姓大旱逢雨之喜悦。"喜雨亭"落成了，它由农家欢悲与乐忧砌成，更彰显了作者的爱民情操。给人印象最深的，是两句话："使天而雨珠，寒者不得以为襦；使天而雨玉，饥者不得以为粟。"民以食为天，大旱之时天降雨水，胜过送给农家珠玉。这道理并不复杂，细想想，往大处想，往深处想，又实在不简单。

"喜雨亭"，建在何处，存留了多久，似乎并不紧要。紧要的，是以民生为本的为官之道是否被弘扬。人民者，为官者之衣食父母也。民之喜、之乐、之意、之愿、之忧、之愁、之愤、之怨，对为官者来说，首先必须能够及时察知，然后还当通过自己的政治作为，努力扩展民喜民乐，尽量满足民意民愿，舒缓排解民忧民愁，减除民愤民怨。为官者，若不懂得不知晓不关心人民的疾苦，一定会成为高位上的废人和历史上的罪人。

境界

> 人际之往来，求现实利益与求志同道合，用不同的人生观、价值观来衡量，"得"与"失"无法相提并论。

苏轼的《上梅直讲书》是写给国子监直讲梅尧臣的，感激的是知遇之恩。刚参加完礼部考试而备受欧阳修、梅尧臣等考官赏识的苏轼，正处得意潇洒之时。赞扬恩师，也抒发个人志向，构成本文主旨：

> 轼每读《诗》至《鸱鸮》，读《书》至《君奭》，常窃悲周公之不遇。及观《史》，见孔子厄于陈、蔡之间，而弦歌之声不绝，颜渊、仲由之徒相与问答。夫子曰："'匪兕匪虎，率彼旷野'。吾道非邪，吾何为于此？"颜渊曰："夫子之道至大，故天下莫能容。

虽然，不容何病？不容然后见君子。"夫子油然而笑曰："回，使尔多财，吾为尔宰。"夫天下虽不能容，而其徒自足以相乐如此。乃今知周公之富贵，有不如夫子之贫贱。夫以召公之贤，以管、蔡之亲，而不知其心，则周公谁与乐其富贵？而夫子之所与共贫贱者，皆天下之贤才，则亦足以乐乎此矣。

轼七八岁时始知读书，闻今天下有欧阳公者，其为人如古孟轲、韩愈之徒。而又有梅公者从之游，而与之上下其议论。其后益壮，始能读其文词，想见其为人，意其飘然脱去世俗之乐而自乐其乐也。方学为对偶声律之文，求升斗之禄，自度无以进见于诸公之间，来京师逾年，未尝窥其门。

今年春，天下之士群至于礼部，执事与欧阳公实亲试之。诚不自意，获在第二。既而闻之人，执事爱其文，以为有孟轲之风。而欧阳公亦以其能不为世俗之文也而取焉，是以在此。非左右为之先容，非亲旧为之请属，而向之十余年间闻其名而不得见者，一朝为知己。退而思之，人不可以苟富贵，亦不可以徒贫贱，有大贤焉而为其徒，则亦足恃矣！苟其侥一时之幸，从车骑数十人，使闾巷小民聚观而赞叹之，亦何以易此乐也!

传曰:"不怨天,不尤人。"盖"优哉游哉,维以卒岁"。执事名满天下,而位不过五品,其容色温然而不怒,其文章宽厚敦朴而无怨言。此必有所乐乎斯道也,轼愿与闻焉。

个人看,本文最耐读的,是这么一句话:"退而思之,人不可以苟富贵,亦不可以徒贫贱,有大贤焉而为其徒,则亦足恃矣!"求师为徒,应持怎样的心态?人际之往来,求现实利益与求志同道合,用不同的人生观、价值观来衡量,"得"与"失"无法相提并论。德行高低,才学上下,其实是与人生观、价值观相关联的。苏轼此文,立意深远。苏轼之见,表达了一种崇高的思想境界。

远虑

> 作为优秀的政治家,既要治有形之乱,更要在"有乱之萌"时,防范无形之乱,"不可以有乱急","亦不可以无乱弛"。

苏洵《张益州画像记》中有这么几句话:"未乱易治也,既乱易治也。有乱之萌,无乱之形,是谓将乱。将乱难治,不可以有乱急,亦不可以无乱弛。"这段话,翻译过来是说:没出现动乱时容易治理,已经乱起来了也容易治理。有乱的萌芽,尚无乱的表现,这就是所说的将乱。将乱是难以治理的,既不可因有乱之萌芽就生急躁情绪,也不可因尚无动乱的表现就放松警惕。

"乱"与"治",是人间交替往复的两种世象。"人心思治"是主导力量,而"治久易乱"似也成为某种定律。为什么"治久易乱"?太平盛世,易生骄奢之风,易生骄奢之吏,易忘乱世之痛，久而久之，支撑安定大厦的石柱会——坍塌。忽有一日，四伏的危机变为满目的乱象，苦楚的甚至是流血的日子开始了。作为优秀的政治家，既要治有形之乱，更要在"有乱之萌"时，防范无形之乱，"不可以有乱急"，"亦不可以无乱弛"。

"乱世出英豪"，这句话说的是什么道理？面对山河破碎、人民流离失所，谁能够迅速平复乱局，恢复正常的社会秩序、政治秩序，谁就会被誉为豪杰。因此平复乱局容易看得见，更容易被认可，所以显得"乱世出豪杰"。难道安定的时代不出俊杰吗？细想想，这句话没有绝对性，它并没有"只有乱世才出英豪"的意思。那么，治世出什么样的英豪？出能够洞察秋毫并于未乱之时觉出乱的苗头，用文治之功夫将这类苗头灭掉的人。加上一句话，"治世亦出英豪"，就完整、辩证、准确了。

吴兢编撰的《贞观政要》，是一部重要的政治著述。与《战国策》不同，它不是讲征战之道，而是讲治国之术。贞观十四年（公元640年），唐太宗说："平定天下，朕虽有其事，守之失图，功业亦复难保。秦始皇初亦平六国，据有四海，及末年不能善守，实为可诫。"听了这话，魏征回答："臣闻之，战胜易，守胜难。陛下深思远虑，安不忘危，功业既彰，德教复洽，恒以此为政，宗社无由倾败矣。"从君臣这番对话，看出了二人的远见卓识。许多年之后唐之败亡，更证明了这一点。

史家

> 袁宏对司马迁、班固的评价，从某种意义上讲，是史学发展的需要，而不只是袁宏个人得失的计较。

袁宏，生于晋成帝咸和三年（公元328年），卒于晋孝武帝太元元年（公元376年）。一生之间，诗文三百余，被称"一时文宗"，作史书《后汉纪》，记录了二百余年东汉史。

袁宏在《后汉纪》中写道："夫史传之兴，所以通古今而笃名教也。丘明之作，广大悉备。史迁剖判六家，建立十书，非徒记事而已，信足扶明义教，网罗治体，然未尽之。班固源流周赡，近乎通人之作，然因籍史迁，无所甄明。荀悦才智经纶，足为嘉史，所述当世，大得治功已矣。然名教之本，帝王高义，韫而未叙。今因前代遗事，略举义教所归，庶以弘敷王道。"

史学之作用，在袁宏看来，变成了六个字："通古今"、"笃名教"。他对两位史学大家的褒贬,看起来一分为二,实际上是为自己确立史学界碑。司马迁"未尽之",班固"名教之本,帝王高义,韫而未叙",这些缺憾,都要由袁宏的《后汉纪》来弥补。对史学家而言,自己的学问要做得深厚、立得久远,必须具有三个方面的基本功:第一,熟知、掌握足够的史料;第二,洞悉、辨别以往史学家著述中的长短;第三,发现、确立新的视角和论点。袁宏对司马迁、班固的评价,从某种意义上讲,是史学发展的需要,而不只是袁宏个人得失的计较。能够站在前人的臂膀上还不够,还必须有所创造,有所进步,最终在某些方面、领域超越前人。

袁宏对两位史学大家的议论,或许应该看成史学研究的承前启后之道,而非自信自大之言。对前人著史之作,不仅应客观地研读,还应从研读中有所存疑,并提出自己的见解。这方面,清代赵翼也是典范。比如赵翼《廿二史札记》中写道:"《方孝孺传》谓成祖起兵,姚广孝以孝孺为托,曰城下之日,彼必不降,幸勿杀之。是广孝未尝从帝军同至南都也。而《卓敬传》则云,帝登极,敬被执下狱,帝欲活之,广孝与敬有隙,谓建文若从敬言,岂有今日?遂杀之,则似帝入都时,广孝已在侧矣。"

赵翼将两处不同的历史记载加以对比,力图提醒后人,围绕方孝孺被朱棣杀死一事,其细节里还有文章。"史实"当然有其"原本",而史书之记载,则可能出现偏差。对史学家而言,"录实"是职责,"补遗"是职责,"纠偏"也是职责。

机会

"外因"和"内因"之间，转化出什么结果，能够把握什么火候，相当多的时候，任何人都是有机会的。

《汉书·霍光传》中，讲了一个很有意味的"曲突徙薪"的小故事："客有过主人者，见其灶直突，傍有积薪。客谓主人：'更为曲突，远徙其薪，不者且有火患。'主人嘿然不应。俄而，家果失火，邻里共救之，幸而得息。于是杀牛置酒，谢其邻人，灼烂者在于上行，余各以功次坐，而不录言曲突者。人谓主人曰：'向使听客之言，不费牛酒，终亡火患。今论功而请宾，曲突徙薪亡恩泽，焦头烂额为上客耶？'主人乃寤而请之。""客"为何人？文中并没讲明。"主人"何人？文中亦无交代。防患于未"燃"，是"客"的劝告，又恰不幸言中。"主人"在邻居助其灭火后，杀牛沽酒，答谢众人，却唯独忘了提醒过自己的有先见之明的"客"。经人点拨，"主人"终于"觉悟"了，恭恭敬敬地请"客"入上座。如此一番曲折，糊涂人变成了明白人。

跳出这段文字，人们能看到更多的"悔不当初"的悲剧。人的"先见之明"不是从天上掉下来的，而是从前人、他人的实践甚至是"吃亏"中总结、引申、感悟来的。听人劝，有时候很需要勇气。什么勇气？否定自己的勇气。别人讲的道理，要入耳入心，必须先软耳虚心。对自己不觉不察的事情，耳根软一点没坏处，"听得进去"是重要的一步。在此基础上，还应该择善而从，修正偏差，弥补不足，且须尽快落实在行动中。有时候，慢一拍就酿成大祸。"主人嘿然不应。俄而，家果失火"就是一例。另一个例子，是项羽。项羽在大胜之后大败，也不是一因一果。诸多败因中，听不进去别人的劝告，自己又看不清大势大局，是项羽成为"流星"的重要原因。《史记》载，垓下之战中"项王泣数行下，左右皆泣，莫能仰视"。项羽为什么泪流满面，他的部将因何禁不住泪水而视线模糊？此时他和他们之心境，悲伤有，更少不了几分悔恨。

否定错误的自己、愚昧的自己，是为了拯救自己，为了爱护自己。"外因"和"内因"之间，转化出什么结果，能够把握什么火候，相当多的时候，任何人都是有机会的。"曲突徙薪"的小故事，意味深长。

正视

> 不该因秦朝之短暂,让后人不知甚至忘却它兴盛之神奇和辉煌。不该因秦朝之败亡,让后人漠视甚至视而不见其曾经创造的宏图大业和曾拥有过的聚合之道。

再读贾谊的《过秦论》,让人心绪难平。对秦之败亡,若深析败因,哀叹、贬责也好,痛心疾首也罢,以秦为鉴,算一种读史的收获。其实,研讨秦史,也不能忽视秦兴之经验,秦强之途径,秦立之根本。始于荒凉、贫瘠之地,能于群雄林立的夹缝中,由小到大,由弱到强,由侧而中,由其中之一成天下唯一,这奇迹从何而来?秦王朝败亡的景象,自然相当惨烈,秦军数十万被坑杀,阿房宫三月大火,秦王子婴之跪降和被杀,都让这一幕无法被轻松翻过。这是事实。然而,不该因秦朝之短暂,让后人不知甚至忘却它兴盛之神奇和辉煌。不该因秦朝之败亡，让后人漠视甚至视而不见其曾经创造的宏图大业和曾拥有过的聚合之道。

读贾谊《过秦论》中这样一段文字，就会加深这种认识：

秦孝公据崤函之固，拥雍州之地，君臣固守，以窥周室，有席卷天下、包举宇内、囊括四海之意，并吞八荒之心。当是时也，商君佐之，内立法度，务耕织，修守战之具；外连衡而斗诸侯。于是秦人拱手而取西河之外。

孝公既没，惠文、武、昭襄蒙故业，因遗策，南取汉中，西举巴蜀，东割膏腴之地，收要害之郡。诸侯恐惧，会盟而谋弱秦，不爱珍器重宝肥饶之地，以致天下之士，合从缔交，相与为一。当此之时，齐有孟尝，赵有平原，楚有春申，魏有信陵。此四君者，皆明智而忠信，宽厚而爱人，尊贤而重士，约从离横，兼韩、魏、燕、赵、宋、卫、中山之众。于是六国之士，有宁越、徐尚、苏秦、杜赫之属为之谋，齐明、周最、陈轸、召滑、楼缓、翟景、苏厉、乐毅之徒通其意；吴起、孙膑、带佗、儿良、王廖、田忌、廉颇、赵奢之伦制其兵。尝以十倍之地，百万之众，叩关而攻秦。秦人开关而延敌，九国之师遁逃而不敢进。秦无亡矢遗镞之费，而天下诸侯已困矣。于是，从散约败，争割地而赂秦。秦有余力而制其弊，追亡逐北，伏尸百万，流血漂橹。因利乘便，宰割天下，分裂河山。强国请服，弱国入朝。

延及孝文王、庄襄王，享国之日浅，国家无事。

及至始皇，奋六世之余烈，振长策而御宇内，吞二周而亡诸侯，履至尊而制六合，执敲扑以鞭笞天下，威振四海。南取百越之地，以为桂林、象郡，百越之君俛首系颈，委命下吏。乃使蒙恬北筑长城而守藩篱，却匈奴七百余里。胡人不敢南下而牧马，士不敢弯弓而报怨。于是废先王之道，燔百家之言，以愚黔首。隳名城，杀豪俊，收天下之兵，聚之咸阳，销锋镝，铸以为金人十二，以弱天下之民。然后践华为城，因河为池，据亿丈之城、临不测之溪以为固。良将劲弩，守要害之处；信臣精卒，陈利兵而谁何。天下已定，始皇之心，自以为关中之固，金城千里，子孙帝王万世之业也。始皇既没，余威振于殊俗。

然而陈涉，瓮牖绳枢之子，氓隶之人，而迁徙之徒也。材能不及中庸，非有仲尼、墨翟之贤，陶朱、猗顿之富，蹑足行伍之间，俛起阡陌之中，率罢弊之卒，将数百之众，转而攻秦。斩木为兵，揭竿为旗，天下云集而响应，赢粮而景从。山东豪俊遂并起而亡秦族矣。

且夫天下非小弱也，雍州之地，崤函之固，自若也。陈涉之位，不尊于齐、楚、燕、赵、韩、魏、宋、卫、中山之君也；锄、耰、棘矜，不铦于钩、戟、长铩也；谪戍之众，非抗于九国之师也；深谋远虑，行军用兵之道，非及曩时之士也。然而成败异变，功业相反。试使山东之国，与陈涉度长絜大，比权量力，则不可同年而语矣。然秦以区区之地，致万乘之权，招八州而朝同列，百有余年矣。然后以六合为家，崤函为宫。一夫作难而七庙隳，身死人手，为天下笑者，何也？仁义不施，而攻守之势异也！

秦之兴旺发达，经历了一代代，风风雨雨几百年，而其败亡，似乎短暂而突然。贾谊之《过秦论》，以"事后"论"当年"，以"旁眼"观"局中"，无论如何，都显得清醒和超脱，实为真知灼见。

苏辙《六国论》中讲过这么一番话："尝读六国世家，窃怪天下之诸侯，以五倍之地、十倍之众，发愤西向，以攻山西千里之秦，而不免于灭亡，常为之深思远虑，以为必有可以自安之计。盖未尝不咎其当时之士，虑患之疏，而见利之浅，且不知天下之势也。"这里，苏辙是在总结六国被秦所灭的深刻教训。贾谊的《过秦论》比苏辙的《六国论》写得早，两个人站在两端，分别对秦国亡因、六国亡因做了分析。在秦国一方，六国之失误，是促成秦胜的部分原因。而"数百之众，转而攻秦。斩木为兵，揭竿为旗，天下云集而响应"，强大的秦国大厦也瞬间倒塌。作为旁观者，贾谊为秦国惋惜，苏辙为六国叹惜，看问题的角度不同，但都触摸到了各自的"病根"。

正视历史的演进过程，可以防止看人论事的片面、偏见，能够看清事实和本质，也会使我们能够在以史为鉴上得到更大的收获。

演进

当我们每每于某一历史时段提到有限的名人的时候，切莫忘却了那个时代里众多的无名氏，那几乎构成了历史画卷的画面和色彩的大部分。

《古诗十九首》流传甚广，每读一次，都会有些联想。这些精妙之作，出于何人之手，早无从考证。后人甚至觉得谁写了它们已不重要，这些诗文成为著名的"无名佳作"。"思君令人老，岁月忽已晚"、"不惜歌者苦，但伤知音稀"、"河汉清且浅，相去复几许"、"生年不满百，常怀千岁忧"……如此珠玉之句，后人怎忍心舍弃？由此诗文，想到了另一点：人类的成熟，非一朝一世之功。昨日的伤痛，在觉悟一番之后，可变成今日之笑颜；昨日的败绩，经揣摩总结，可变成今日之荣光。诗文亦是此理，一点点、一缕缕、一簇簇的思想火花，经锤炼，经凝结，经编织，变成了锦缎绸带。石沙和涓流，由微弱细小而积聚，变成了高山大海。

世界的不凡，不仅在于人类的出现，还在于人类思想文化的延续和进化。人类之繁衍，创造的不仅是躯体和生命，思想文化之火不灭不熄，自觉自悟自省自警自励，真正成为人类自身前行及战胜一切艰难困苦的动力源。人类的伟奇，在于其思想文化于积累中的不断升华及更新。

这种升华和更新，从不囿于某时某刻某人，始终在螺旋式甚至跳跃式地演进着，丰富着，拓展着，完善着，成为可观之大成。

在史街上，不论是谁说的写的做的，知其名也好，不知其名也罢，只要于人类思想文化延续及进化有益的，人类都会珍惜、爱护、保存。东汉后期的无名诗作《古诗十九首》就是一个范例。其实，在人世间，现存的物质和文化财富中，知名知姓的创造者很少，而大多出自于无名氏之手。在人类社会，无论从前往后察看，还是从后往前追溯，无名氏的贡献都是巨大无比的。当我们每每于某一历史时段提到有限的名人的时候，切莫忘却了那个时代里众多的无名氏，那几乎构成了历史长卷的画面和色彩的大部分。读《古诗十九首》，不能不想得更远更多。

时空

"时过境迁",能够使客观的视角向后延伸,拉长时距和拓宽空间,给历史人物以更加准确的定位。

"时过境迁",这句话是在讲时代背景的变化。就历史过程而言,时间对同一人同一事,似乎"时轻时重"。有的轻在当时,有的轻在以后;有的重在当时,有的重在以后。对隋炀帝杨广这个人,就存在这种差异。唐朝诗人罗隐,写有《炀帝陵》一诗,对这位"败亡之君"讥讽中也带三分怜惜之情:"入郭登桥出郭船,红楼日日柳年年。君王忍把平陈业,只博雷塘数亩田。"诗中点到了一个史实:隋文帝开皇八年(公元588年),时为晋王的杨广为行军元帅,统军伐陈,次年灭陈,南北即告统一。"只博雷塘数亩田",讲的是隋炀帝埋葬之地,于"南北天下"与"数亩田"之间,人们可以尽想一位历史人物的成败和来去。

与罗隐同时代的另一位诗人皮日休，写有《汴河怀古》两首，其中一首全文是："尽道隋亡为此河，至今千里赖通波。若无水殿龙舟事，共禹论功不较多。"细琢磨，这诗中确有"辩证法"。汴河，即通济渠。这条隋炀帝时"劳民伤财"修挖的大运河，在汴水的一段称为汴河。隋炀帝开挖大运河，有游山玩水的目的，也给当时的大众带来了深重灾难。但是，这条大运河并没有随这位"昏君"的败亡而荒废断流，在此之后的许多年月里，这条大运河成为客货运往来的便捷通道。"共禹论功不较多"一句，讲的是这条河于后世确有利民一面。赵朴初先生在《读史三首》中，也有"始皇筑长城，炀帝开运河，一时犯众怒，千载功不磨"之句。看史论人，做到不偏颇、做到功过客观评说，是很重要的。

评价历史人物，离不开一定的时代背景，因为只有在一定的时代背景下，才能明了历史人物所言所行"因为什么"、"造成了什么"的问题。但是，历史人物所言所行的历史作用，相当多的时候在当时当朝当代不能完全体现出来。"时过境迁"，能够使客观的视角向后延伸，拉长时距和拓宽空间，给历史人物以更加准确的定位。对隋炀帝，也许百分之九十的结论可以由当时的社会和经济的效果来定夺，但留给后人百分之十的"修补机会"总是应该的。事实上，后人确实看到了前人不曾看到的社会和经济的效果。隋炀帝只是一个例子，还有许许多多的历史人物，也都有这样或那样的"历史问题"。

勇气

假话有市场,有人信,是因为某一类人需要用假话来谋利益,问题是"明白人"往往出于种种原因,不把心里话说出来。

《战国策》中讲了一个楚王与"不死之药"的故事:"有献不死之药于荆王者,谒者操以入。中射之士问曰:'可食乎?'曰:'可。'因夺而食之。王怒,使人杀中射之士。中射之士使人说王曰:'臣问谒者,谒者曰可食,臣故食之。是臣无罪,而罪在谒者也。且客献不死之药,臣食之而王杀臣,是死药也。王杀无罪之臣,而明人之欺王。'王乃不杀。"荆王者,楚王也,有说指襄王。

从古至今,"长生不老"这个话题说起来总是极富故事性。嫦娥奔月,徐福入海,都与"不死之药"有关。

"中射之士"差点儿被楚王杀死,因为他抢吃了别人献给楚王的"不死之药"。"中射之士"的抢吃之举，是为了自己长生不老，还是忠于君王之举？精彩的是"中射之士"的临死之言点到了要害之处："且客献不死之药，臣食之而王杀臣，是死药也"；"王杀无罪之臣，而明人之欺王"。"死药"、"欺王"，这四个字分量很重。楚王不杀"中射之士"，是听清楚了这四个字。

真话与假话，有时候需要有验证的时间。"不死之药"灵不灵，对过着奢侈生活的封建帝王来说，不是马上就能够认识明白的。不懂科学的人，甚至永远弄不明白。假话有市场，有人信，是因为某一类人需要用假话来谋利益，问题是一些人往往出于种种原因，不把心里话说出来。"中射之士"是个有勇气的人，他不惜以身犯险，用夺食长生药的极端方式，以子之矛攻子之盾，戳破谒者之假，让荆王不上当。可见"中射之士"是个智慧的人，他的方法看似极端，却是最有效的，荆王已经被假象迷惑，靠千言万语的劝谏是无用的。"中射之士"是"明白人"，万不得已，终于在大祸临头之时说真话了。楚王在此事过后，是不是能够吸取教训，是另一回事。后人应该从中领悟的是：力争要把真话说在前面。如果世界上真话到处都是，假话也就无处藏身了。说真话需要勇气，也需要激励。刀架在脖子上才讲真话，实在太晚了。

视角

> 史学界对永乐时代和崇祯时代关注的事情不少，而将内阁大臣任职时间长短作为切入点，赵翼的见识不同一般，视角也较为独特。

赵翼在《廿二史札记》中，点出了"明大臣久任者"中名列其首的叫杨士奇。"永乐以后，数十年中，大臣多有久于其位者。杨士奇在内阁四十三年。虽其始不过为学士，然已预机务。后加至公孤，始终在枢地，不出内阁一步。古来所未有也。"再后，赵翼又点出了一串人物："同时直内阁者，金幼孜三十年，杨荣三十七年，杨溥二十二年。六卿中蹇义为吏部尚书三十四年，夏原吉为户部尚书二十九年。胡濙为礼部尚书三十二年。"

赵翼接着用了这样几句话，赞美语气十足："耆艾满朝，老成接迹。盖劫运之后，必有一番太和元气。周浃宇宙，诸臣适当其隆，故福履东强，身名俱泰。当时朝廷之上，优老养贤，固可想见。"说到这里，话还没完，赵翼的笔锋忽然一转，落到了明亡之际："崇祯帝十七年中，易相五十余人，刑部尚书十七人，兵部尚书十四人，总督被诛者七人。盖国运将倾，时事孔棘，人材薄劣。动辄罹殃，固亦时势之无可如何者矣。"崇祯一朝败象毕现，许多"苦酒"是先前就开始酿制了，只不过崇祯一朝赶上了"开缸之日"。明王朝的社会，早已极其脆弱，百孔千疮的政权体制下，要想成就一代名臣贤相，已十分艰难，甚至已是不可能的了。

看得出，赵翼对永乐年间老臣满堂很是欣赏，对崇祯时代走马灯式换大臣很是贬责。时运与盛衰，国运与官运，在赵翼眼中，永乐帝和崇祯帝一前一后的差异实在太大，也太有比较和借鉴的价值了。

实际上，史学界对永乐时代和崇祯时代关注的事情不少，而将内阁大臣任职时间长短作为切入点，赵翼的见识不同一般，视角也较为独特。

前后

> 历史无情,最大的无情,不仅仅是好的东西简单地被撕裂、毁灭,而且还包括好的东西必然被更好的东西所代替。

《老子》中"有无相生,难易相成,长短相形,高下相倾,音声相和,前后相随"之句,讲出了朴素的辩证法则。思"前"想"后","取"与"舍",其实非常不简单。

伏尔泰说过一句话:"最好是好的敌人。"历史在演进过程中,无论平缓之处,还是险峻之段,征服和跨越的,不见得都是悲惨、劫难之类的东西,有时候可能是"尚且美好"的东西,因何而"跨"、"弃"?因为有更好的东西要诞生、现身。

中国封建时代的科举制度,比"从前"的"从前",是进步,是创新,但到了近现代,就成了文物,成了路障。其实,科举制度原本不是一个脸谱化的评价方法所能概括的。许多的事物，往往在一脚落后而一脚尚先进的刹那间，被历史的列车甩过，或误了班次，或永远被遗弃。历史无情，最大的无情，不仅仅是好的东西简单地被撕裂、毁灭，而且还包括好的东西必然被更好的东西所代替。"量化"了的事实，似乎比较真实，而"质变"的路上，铺垫的往往是一个个事实的落差，"好"与"更好"，就是这落差在人们心目中的不同反映。已经丢掉的东西，不见得就一无是处。历史的"前"与"后"是无法割裂的。"前后相随"，是过程，也是结果，更是一种看得见与看不见的"脉续"。替代的过程，传承、舍弃、创新往往交织在一起。引人注目的，是闪光的"新生"。这一点，对认识人类历史进程很是重要。

怀忧

欧阳修以伶人为因由,并没有说伶人为祸根,而是讲安逸享乐状态下的为政者,必然要走向亡败深渊的道理。

唐贞观十六年(公元642年),唐太宗对魏徵说:"观近古帝王,有传位十代者,有一代两代者,亦有身得身失者。朕所以常怀忧惧,或恐抚养生民不得其所,或恐心生骄逸,喜怒过度。然不自知,卿可为朕言之,当以为楷则。"唐太宗这里问的是得天下后如何长治久安之策。这番话,录在《贞观政要》中,看问题立于君王角度,"常怀忧惧"之心,也颇为难得。以史为鉴,曾经发生的故事人迹,可以成为一面面镜子。叙史以文,讲利害得失,毁誉成败,亦可作提醒,给人启示。由唐太宗这番话,想到了欧阳修的一篇文章。欧阳修在《新五代史》中所写《伶官传序》,不仅该读,且值得细细品味。

"呜呼！盛衰之理，虽曰天命，岂非人事哉？原庄宗之所以得天下，与其所以失之者，可以知之矣。"欧阳修以后唐李存勖的事例，作为"开场白"，直面"人事"这个不容忽视的根因。

欧阳修在《伶官传序》中用了一定篇幅，细述了李存勖先得后失、先胜后败的经历，长叹道："岂得之难而失之易欤？抑本其成败之迹，而皆自于人欤？""忧劳可以兴国，逸豫可以亡身，自然之理也。""夫祸患常积于忽微，而智勇多困于所溺，岂独伶人也哉？"

欧阳修以伶人为因由，并没有说伶人为祸根，而是讲安逸享乐的为政者，必然要走向亡败深渊的道理。这篇文章，语言精妙，切中要害，论辩清晰，与贾谊之《过秦论》比，可谓异曲同工，堪称警示之作中的上乘佳品。

悟见

大势所趋，顺势而为是选择，而逃避现实，隐退山林，也是一种无奈的选择。像张岱这类人的寓居生活，是不是真的很洒脱，当然不能只看表象。

明末清初著名文学家张岱所著《陶庵梦忆》中，有《湖心亭看雪》一文。此文精练清淡，笔轻情雅，读来如饮香茗，回味无穷：

崇祯五年十二月，余住西湖。大雪三日，湖中人鸟声俱绝。

是日更定矣，余挐一小舟，拥毳衣炉火，独往湖心亭看雪。雾凇沆砀，天与云、与山、与水，上下一白。湖上影子，惟长堤一痕，湖心亭一点，与余舟一芥，舟中人两三粒而已。

到亭上，有两人铺毡对坐，一童子烧酒，炉正沸。见余大惊喜，曰："湖中焉得更有此人！"拉余同饮。余强饮三大白而别。问其姓氏，是金陵人，客此。

及下船，舟子喃喃曰："莫说相公痴，更有痴似相公者！"

读此文，还须粗略认识一下张岱其人。

张岱（约1597年—约1689年），自号陶庵，是浙江绍兴一带人，曾长期寓居杭州。明亡后，思念故国，入山著书，除了《陶庵梦忆》，还有《琅嬛文集》《西湖梦寻》等。

雪落西湖，在文人墨客笔下，几乎是见人见景。景致上的差异固然有，而更深一层，是景中人的心绪处境不同。张岱自言，此文写的景在"崇祯五年十二月"，成文于何时，无有交代。此景在时，明朝尚存。叙景落笔之际，是否时至清初，不得而知。

初更时分，白茫茫中，作者悟见了什么？"湖上影子，惟长堤一痕，湖心亭一点与余舟一芥，舟中人两三粒而已。"此番话中，"一痕"、"一芥"、"两三粒"，明示暗指，何为宏大，何为微小，给人以深刻的印象。

雪夜西湖赏景，偶见"金陵人"。惊喜之下，畅饮三杯。这"金陵人"与作者一样，亦是"痴者"。

细想来，两个"痴者"偶然相遇，也不算孤单。在"人鸟声俱绝"中，碰上陌生的知音，也算难得难觅。封建时代，尤其是大起大落的时代，知识阶层中的每一员，都有个何作何为、何去何从、何依何靠的选择。大势所趋，顺势而为是选择，而逃避现实，隐退山林，也是一种无奈的选择。像张岱这类人的寓居生活，是不是真的很洒脱，当然不能只看表象。看去想来，字里行间，一定还有更多的东西被隐藏在深处。"空山松子落，幽人应未眠"，韦应物的这两句诗，放在此处说也觉贴切。

疑信

少说闲话,不说假话,这是做人的准则。问题的关键,是听到了种种闲话,需做必要的甄别和分辨。

《战国策·魏策》中,讲了一个关于魏惠王"耳朵软"的故事:

庞葱与太子质于邯郸,谓魏王曰:"今一人言市有虎,王信之乎?"王曰:"否。""二人言市有虎,王信之乎?"王曰:"寡人疑之矣。""三人言市有虎,王信之乎?"王曰:"寡人信之矣。"庞葱曰:"夫市之无虎明矣,然而三人言而成虎。今邯郸去大梁也远于市,而议臣者过于三人矣。愿王察之矣。"王曰:"寡人自为知。"于是辞行,而谗言先至。后太子罢质,果不得见。

魏惠王的耳朵，当然长在自己脑袋上。按说对听到的一切，要有一个判断，信不信、信多少，要由自己来做主。但从庞葱与魏惠王的一番对话中，人们不难看到，魏惠王的耳朵是自己的，而判断力却受制于外人。谎言听多了，便当成真话，"三人言而成虎"便是例证。同样情况下，如果说真话的人少，说假话的人多，那仍旧是假胜而真败。

作为魏臣，庞葱对魏惠王是忠诚的。然而，这个故事的结局却不圆满：由于谗言作用，当魏太子自赵归魏时，庞葱没能回魏国与魏惠王见面。

庞葱看透的结局，其实魏惠王自己已经说出来了：从"否"，到"疑"，再到"信"，魏惠王凭的仅仅是传言人的多与少。庞葱"议臣者过于三人矣"的"预防针"，对魏惠王来说，是白打了。

在世人交往中，闲话总是难免的。闲话里面真假混杂更是司空见惯。面对闲话，不论何种情势，不论何类人，说闲话的同时，还要听闲话。少说闲话，不说假话，这是做人的准则。问题的关键，是听到了种种闲话，需做必要的甄别和分辨。真假不辨，就会误事，就会失去朋友和同盟。庞葱与魏惠王的对话，告诉后人的道理无疑是深刻而沉重的。

认识

"发现"没有止境,"创造"也没有止境。问题在于,已有的发现所带来的恩惠,是供一时之需还是顾及长久,往往会产生矛盾。

沈括《梦溪笔谈》中,谈到了"石油",他这样写道:

鄜、延境内有石油,旧说"高奴县出脂水",即此也。生于水际,沙石与泉水相杂,惘惘而出。土人以雉尾挹之,乃采入缶中,颇似淳漆。燃之如麻,但烟甚浓,所沾幄幕皆黑。予疑其烟可用,试扫其煤以为墨,黑光如漆,松墨不及也,遂大为之。其识文为"延川石液"者是也。此物后必大行于世,自予始为之。盖石油至多,生于地中无穷,不若松木有时而竭。今齐、鲁间松林尽矣,渐至太行、京西、江南,松山大半皆童矣。造煤人盖未知石烟之利也。石炭烟亦大，墨人衣。予戏为《延州诗》云："二郎山下雪纷纷，旋卓穹庐学塞人。化尽素衣冬未老，石烟多似洛阳尘。"

石油，对于人们的现代生活，已经重要到不能再重要的程度了。"能源危机"，早已叩响现代生活的大门。人类的进步与发展，总与发现和创造分不开。发现了新的物质，往往会创造新的产品。发现没有止境，创造也没有止境。问题在于，已有的发现所带来的恩惠，是供一时之需还是顾及长久，往往会产生矛盾。石油资源的发现也不例外。

石油生成，已经很早，而人们对石油的认知，时间并不算长。从知其有，到知其用，很快便用其恐尽。真正深识熟知广用，不过几十年间。沈括能在那个年代，就预言"此物后必大行于世"，实在难能可贵。可惜，他的"盖石油至多，生于地中无穷，不若松木有时而竭"，没有看到石油也是有限资源，并非用多少就会有多少。人对客观世界的认知，是一个漫长的过程。看见一点比什么都看不见要强。沈括看到"此物后必大行于世"，已经算一种远见了。

道涵

"道"字在《老子》一书中，其基本内涵指什么？是讲宇宙大自然不可抗拒的力量，还是讲人类社会中大公无私的力量？学者们的解说有的属"交叉地带"，也有的是"泾渭分明"。

《老子》全文，有七十二个"道"字。这使人想到《论语》中的一百零九个"仁"字。"天之道，损有余而补不足。人之道，则不然，损不足以奉有余"、"天之道，利而不害；圣人之道，为而不争"、"执古之道，以御今之有"……见于不同章节中的"道"，是在讲自然法则，还是在讲社会法则？古往今来，人们的看法不尽一致。

《老子》一书的根基，在于阐明一个"道"字。正如《论语》的核心是个"仁"字一样。"仁"字在《论语》中有多种表现，"仁者爱人"、"己所不欲，勿施于人"等等，诠释了

"仁"的内涵和外延。"大道泛兮，其可左右。"怎么想，这句话都可往深远处理解。"道"的含义，在老子心中，"原本"是什么？"道"字在《老子》一书中，其基本内涵指什么？是讲宇宙大自然不可抗拒的力量，还是讲人类社会中大公无私的力量？学者们的解说有的属"交叉地带"，也有的是"泾渭分明"。认为讲"宇宙本体"的，对老子的思想来了个高定位；认为讲"自然规律"的，归纳了老子主张中的顺其自然的一面；认为讲"社会规则"的，强调了老子的思想的实用性。

熟读

书者何？前人见闻体验之记载，前人得失成败之集合，前人生命轨道之画卷。视而不见是憾事，见而不看是憾事，看而不解更是憾事。

朱熹对读书，有一番独到的见解：

大抵观书先须熟读，使其言皆若出于吾之口。继以精思，使其义皆若出于吾之心，然后可以有得尔。至于文义有疑，众说纷错，则亦虚心静虑，勿遽取舍于其间。先使一说自为一说，而随其意之所之，以验其通塞，则其尤无义理者，不待观于他说而先自屈矣。复以众说互相诘难，而求其理之所安，以考其是非，则似是而非者，亦将夺于公论而无以立矣。大率徐行却立，处静观动，如攻坚木，先其易者而后其节目；如解乱绳，有所不通则姑置而徐理之。此观书之法也。

凡读书，须整顿几案，令洁净端正，将书册齐整顿放，正身体，对书册，详缓看字，仔细分明读之。须要读得字字响亮，不可误一字，不可少一字，不可多一字，不可倒一字，不可牵强暗记。只是要多诵遍数，自然上口，久远不忘。古人云："读书千遍，其义自见。"谓读得熟，则不待解说，自晓其义也。余尝谓，读书有三到，谓心到，眼到，口到。心不在此，则眼不看仔细，心眼既不专一，却只漫浪诵读，决不能记，记亦不能久也。三到之中，心到最急。心既到矣，眼口岂不到乎？

"熟读"、"精思"，这是朱熹对读书之悟。"出于吾之口"与"出于吾之心"，使书由"外见"到"内化"，破疑惑，纠差错，通义理，考是非，如此读书，可谓"读进去"了。

"读书有三到，谓心到，眼到，口到。""三到之中，心到最急。""心既到矣，眼口岂不到乎？"世上任何人，信手就可拿起书本来，成为"读书人"。然而，真正读进去了，真正消化了，真正把字里行间的要点要处看明白了，也并非易事。朱熹之体会，给人启示。书是人写的，且多是前人写的。作为读书人，尤其是后来的读书人，浅读是读，深读也是读；就此书读此书是读，联系彼书彼事读此书也是读；以略知一二为目的地读是读，尽可能透彻地读也是读。读书之难，不在于有没有时间，而在于是否真的读懂读通读透。读不下去、读不进去，这是不少人"拿起了"又"放下了"的根因。心不到，自然会读不下去，自然会读不进去。书者何？前人见闻体验之记载，前人得失成败之集合，前人生命轨道之画卷。视而不见是憾事，见而不看是憾事，看而不解更是憾事。"熟读"与"精思"，在朱熹的两大悟点面前，我们必须敞开心窗。

齐全

现实的缺憾，只好用各门艺术来补救，也算一种安慰和希冀。艺术中的理想，闪耀着无穷的积极奋争的光芒。女娲形象的魅力也在此。

女娲补天的故事颇为神奇。《淮南子》载："往古之时，四极废，九州裂，天不兼覆，地不周载。火爁焱而不灭，水浩洋而不息。猛兽食颛民，鸷鸟攫老弱。于是女娲炼五色石以补苍天，断鳌足以立四极，杀黑龙以济冀州，积芦灰以止淫水。苍天补，四极正，淫水涸，冀州平，狡虫死，颛民生。"读这段文字，我们眼前会呈现一幅悲壮的"历史画卷"。女娲是什么人，有无此人，是否有此功力，不必去细究。值得注意的，是当时的地球上发生了一场巨大灾难。是陨石撞击地球？是大地震？天崩地裂，洪水滔滔，这与西方神话中描绘的上古情景几乎一样。推想，人类在某一时期，可能是遇到了同一场生死大考验,"女娲补天"与"诺亚方舟",都是众生得以逃出劫难的救亡之举。

再往深处去想,由人类不可抗拒的外力造成的灾难,从古至今,于中国,于外国,未曾断绝过。在人类的许多梦想中,包括了战胜一切天灾。从女娲想到了英国伦敦大英博物馆的一尊"怪物"。那是一尊人头、马身、鸟翼、牛蹄的"四不像",它形象高大,栩栩如生,给人以威猛、雄健的印象。在中国绘画、雕塑中,也有类似的"怪物",集多种动物的长处于一体。想想,也不难理解:人类希望拥有的能力是"齐全"的。而"齐全"的东西,现实中找寻不到。现实的缺憾,只好用各门艺术来补救,也算一种安慰和希冀。艺术中的理想,闪耀着无穷的积极奋争的光芒。女娲形象的魅力也在此。

第二辑 《论语》读悟点滴

缘起

人们感知的孔子，人们笔下的孔子，人们阐发的孔子，人们塑造的孔子，甚至人们期待中的孔子，不仅会是不同的孔子，而且有别于"原原本本"的孔子。

一

入夜，灯下览阅古书旧文。一些昔日很是熟悉的篇目，再读一遍，竟有新的发现、新的感悟。是上次没读透，没读懂，还是这次心绪与上次不同，添了或减了什么东西？

书还是旧有的版本，文章亦未变，今日读来竟与昨日有别。变化者，一定是读书人自己。《论语》中的篇目，千百年来几乎已无太多争议，但释本与日俱增，同一段话，会有不同的解释，小的差别，大的差别，甚至是截然相反。发于同源而分于歧路，例子之多，不胜枚举。

《论语》里的话，一定是有其自己的原本。这原本，若孔子和他的诸弟子活着，很可能讲得直直白白。然而，《论语》文在，而圣人及其弟子已去。于是，研究《论语》的"学问"便连绵不断出现了。从近而远，有清之刘宝楠的《论语正义》，有宋之朱熹的《论语集注》，有唐之陆德明的《论语音义》，有三国曹魏之何晏的《论语集解》，有东汉之郑玄的《论语注》……林林总总，关于《论语》的"注"、"解"、"评"、"析"，多达数千种。不仅国内学者研究，国外研究《论语》者也不乏其人。

孔子的言与行，一定有其"原原本本"的存在。若说差异，《论语》中的记述是否都能"原原本本"？这是问题的一个层面。一部《论语》，多种释本，此《论语》是彼《论语》吗？这是问题的别一层面。有学者近来大呼：以往人们对《论语》的解注，相当多的地方都走样、跑偏了，甚至根本就是理解上的谬误。人们感知的孔子，人们笔下的孔子，人们阐发的孔子，人们塑造的孔子，甚至人们期待中的孔子，不仅会是不同的孔子，而且有别于"原原本本"的孔子。如"有朋自远方来，不亦乐乎"这句话，有人解释为：孔子说，有共同见解的人从远方来，不是一件很快乐的事吗？又有人解释为：孔子说，远方来了朋友，一定要热情欢迎。还有人理解为：孔子说，知晓我内心世界的人在远方，这对我也算一种安慰吧！举此一例，可以看出，探知《论语》原本，已不是件容易之事。若真真切切认知孔子，就更难了。再如孔子讲"仁"，在《论语》中出现了一百多次，人们注意到，孔子的"仁"，在不同的地方，所指也不一样。其实，孔子的"仁"，不是抽象的东西，更不是玄虚的东西，而有具体化、现实化的落脚点。孔子作为教育家、思想家，每当讲"仁"，都会找到"仁"的载体，或是"始处"，或是"终极"，这载体上无不充满着夺目的现实色彩。

二

班固《汉书·艺文志》写道："《论语》者，孔子应答弟子、时人及弟子相与言而接闻于夫子之语也。当时弟子各有所记，夫子既卒，门人相与辑而论纂，故谓之《论语》。"

《论语》形成于孔子死后，一种推论认为起始于春秋末期，成书于战国初期。又有人分析，是孔子弟子曾参的学生所编撰，理由是《论语》中对孔子和曾参之间的谈话记载最多，且处处称曾参为"子"，显得对曾参十分敬重。不管怎么说，有一点可以肯定：《论语》是后人追记和整理出来的。问题的关键，不在于这些"语录"出自谁之手，而在于这些

"语录"的准确性和"本原性"。

专家学者注意到了"语录"中相互重复的地方，如"巧言令色，鲜矣仁"重复出现在《学而》篇和《阳货》篇等。重复并不紧要，紧要的是看看是否有残缺或谬误。弟子们追记和整理，有记性问题，有眼界问题，更有公正问题。《论语》中孔子对不同弟子的不同评价，肯定了什么，又不赞成什么，原汁原味的成分占多大，实在是最要紧的。至于遗漏的东西，是百分之多少，则无法推断了。作为追记的东西，前人（孔子）的，未必都能录下来。后人（孔子弟子及弟子的弟子）的一些观点，也未必没有添进去。

当然，录的会多，而添的会少。《孟子·滕文公上》中载："昔者孔子没，三年之外，门人治任将归，入揖于子贡，相向而哭，皆失声，然后归。子贡反，筑室于场，独居三年，然后归。"这段话，记下了这么一段往事：公元前479年孔子死后，他的弟子们像死了父母一样，在墓前搭建临时的草庐，居住三年而散去，更有子贡在墓前又多守了三年。试想，这三年间，弟子们在缅怀先师的同时，会不会对师长以往的言论加以回忆与集合？"直系"弟子们不去追记和整理，更待何人？班固所言"门人相与辑而论纂"，可能性较大。而如果这三年大家无所作为而由若干年后的曾子弟子完成，似不合情理。曾子是"直系"弟子之一，自然也会参与，至于成书过程中是否又经过了曾子和其他弟子学生之手，又补了些什么，则又是另一回事了。说到了最后，是一个谜：从公元前479年，到公元前476年，这三年间，孔子的弟子们除了深怀悲痛之情，还做了些什么呢？

孔子于公元前479年离去。然而，他的"语录"却永存于后世。作为一种思想，或者说是理想，孔子留给后世的东西，分量委实不轻。从"儒学"到"儒教"，似乎有同有异。同于内在，而异于外张。作为学问，只被少数学者研磨，而作为共循的规则，却要被众人所遵守。

……

话从远处，说到了近处。"纵看"孔子和《论语》，"横观"孔子和《论语》，只可这样来归结：孔子和《论语》，对我们大家，既是熟悉的，又是陌生的。

成人

> 今之成人者何必然？见利思义，见危授命，久要不忘平生之言，亦可以为成人矣。

《论语·宪问篇》：子路问成人。子曰："若臧武仲之知，公绰之不欲，卞庄子之勇，冉求之艺，文之以礼乐，亦可以为成人矣。"曰："今之成人者何必然？见利思义，见危授命，久要不忘平生之言，亦可以为成人矣。"这段记述，很有意思。孔子一连讲了臧武仲、孟公绰、卞庄子、冉求四个人的四个长处，即分散在他们四个人身上的"知"、"不欲"、"勇"、"艺"，回答了子路所提的一个大问题：何为"成人"。

有人把"成人"翻译成"全人"，即素质全面的人。但"成人"的概念，也可以延伸为跨越了幼稚、不成熟阶段后的人。孔子这里体现的，不仅是如何知人识人之道，更是提醒人们：要善于学习他人身上的长处，己无而人有的长处，只有这样的"集合",这样的取长补短,才能做到"见利思义"、"见危授命",才能诚信坚贞,立于"成人"之列。当然,"成人"是一个过程,是一个认识自己和他人而完善修正自我的过程。人幼稚是难免的,但人不能总停留在幼稚的阶段而不追求长进和成熟。

《论语·述而篇》有"志于道,据于德,依于仁,游于艺"之说。成人的标准,在不同的时代,也会有所同异。从为人处世,到言谈举止,幼稚和成熟,差别在什么地方?衡量起来也很不容易界定。孔子所言,不是简单的年龄上的差别,而有更深的一层含义,是说人只有达到了一定的思想境界和能力素质,才能说是具备了成人的水平。

孤独

> 不怨天，不尤人，下学而上达。知我者其天乎？

《论语·宪问篇》：子曰："莫我知也夫！"子贡曰："何为其莫知子也？"子曰："不怨天，不尤人，下学而上达。知我者其天乎？""不怨天，不尤人"，这种精神境界是十分高尚的。但读这段对白，也使人联想到了孔子的另一句话："有朋自远方来，不亦乐乎？"孔子内心世界里的一切，外人所知，有多少？孔子的孤独情怀，"知我者其天乎"——到了这般程度，还不令人深想吗？拥有众多弟子，左右相随，朝夕相处，而不少弟子们没有走进孔子的内心世界，那么其他人呢？说到其他人，可举几例。

《论语·卫灵公篇》：卫灵公问阵于孔子。孔子对曰："俎豆之事，则尝闻之矣；军旅之事，未之学也。"明日遂行。

《论语·子路篇》记载的"樊迟请学稼"、"请学为圃"与之很相似。那一次，孔子十分不高兴，大骂樊迟"小人哉"。这一次，孔子也十分不高兴，认为卫灵公问军队阵列之法，是故意奚落自己，因而愤愤离去。

《论语·微子篇》中，遇长沮、桀溺两位隐士的奚落，孔子曾长叹一声："鸟兽不可与同群，吾非斯人之徒欤而谁欤？天下有道，丘不与易也。"

在《论语·子罕篇》中，有人曾这样评论孔子："大哉孔子！博学而无所成名。"孔子听说后，对自己的弟子们说："吾何执？执御乎？执射乎？吾执御矣。"世俗地看孔子，看孔子的思想行为，是一种评价。孔子种地不见长，种菜不见长，陈兵列阵不见长，但他有他的长处，那就是为学为师。墨子对孔子是持批判态度的，即便如此，墨子仍评价他"博于诗书，察于礼乐，详于万物"。看待孔子，我们还能联想到孔子的一句话："君子谋道不谋食。耕也，馁在其中矣；学也，禄在其中矣。君子忧道不忧贫。"这里，孔子的价值观凸显出来，他的"谋道不谋食"，与挑战他观念的人的"谋食不谋道"形成了巨大反差。

士者

> 行己有耻，使于四方，不辱君命，可谓士矣。

"士"这个称呼，指的是什么样的人呢？

《论语·子路篇》：子路问曰："何如斯可谓之士矣？"子曰："切切偲偲，怡怡如也，可谓士矣。朋友切切偲偲，兄弟怡怡。"

这是一道奇特公式：朋友间应当做到的加上兄弟间应该做到的等于士的标准。

学者有解："切切，勤兢貌。怡怡，谦顺貌。""切切偲偲，相切责之貌。怡怡，和顺之貌。"

"切切偲偲"，直译意为相互切磋，彼此督促；怡怡，直译意为和睦，融洽。

"士"，在《论语》中一共出现十五次，其中大部分是特指有一定社会地位或者有修养的人。《子路篇》中，在回答子路所问"何如斯可谓之士矣"时,孔子说:"行己有耻,使于四方,不辱君命,可谓士矣。"《论语·里仁篇》中:"子曰:士志于道,而耻恶衣恶食者,未足与议也。""士志于道",在孔子心目中,"士"与"君子"有共通之处,也不尽相同。《论语》中"君子"一词出现的次数达一百零七次,比"士"字多见,且似乎又提升了一层,多指有道德和居高位的人。

春秋战国时期,诸侯纷争,豪杰四起,"士"渐成众。在养士用士之风吹拂下,他们或著书立说,纵论古今;或奔走游说,出谋划策;或冲锋陷阵,出生入死;……

"士",是"君子"中的一种吗?应该是。至少,在孔子看来,"士"的地位是不一般的。一个人,能够做到讲朋友之谊、兄弟之情,也很不简单。

从众

众恶之,必察焉;众好之,必察焉。

《论语·卫灵公篇》:子曰:"众恶之,必察焉;众好之,必察焉。"

《论语·子路篇》:子贡问曰:"乡人皆好之,何如?"子曰:"未可也。""乡人皆恶之,何如?"子曰:"未可也。不如乡人之善者好之,其不善者恶之。"

在这两处,孔子都亮明了他慎重评价的态度。

"众口一词",还要怀疑吗?孔子的回答是:不见得全信,即使"众恶之"、"众好之"、"皆好之"、"皆恶之",也还要有自己的审视、判断,不能犯人云亦云的错误。

大家都喜欢的人,是怎样的人?大家都不喜欢的人,又是怎样的人?孔子想讲的东西,不在这简单的层面上,而是追究更深层的东西:为什么人们喜欢他?为什么人们不喜欢他？哪些人喜欢他？哪些人不喜欢他？根因在哪里？爱与恨，无缘无故是不可能的。爱从何生，恨从何来，总要弄个明白，否则，"随大流"，可能糊里糊涂地掉进泥沼而浑然不知不觉不悟。

孔子看问题，有时候"跑题"比较"远"。弟子们问问题，他时常拐着弯儿来回答。不是说每一次，至少在相当多的情况下，弟子们只是听明白了一部分，还有一部分，只能是先记下来。"众恶之，必察焉；众好之，必察焉"这类话，弟子们当时能心领神会到什么程度，很不好说。但有一点可以肯定，孔子的慎重，来源于自己对周边生活的体验。

君子

> 有君子之道四焉：其行己也恭，其事上也敬，其养民也惠，其使民也义。

君子之德从何而来？是与生俱来，还是后天受影响、重修炼而来？

《论语·公冶长篇》载：子谓子贱："君子哉若人！鲁无君子者，斯焉取斯？"子贱，指的是孔子学生宓不齐，字子贱，是比孔子小很多岁的"小弟子"。从这句话中，可以看出，孔子十分重视社会对个人人品形成的影响。"鲁无君子者，斯焉取斯？"这话实际上是讲："鲁国不乏有堂堂正正的君子呀，正因为此，才出了子贱这样的君子之才！"孔子眼里"君子"的标准，"周而不比"是，"和而不同"是，"坦荡荡"是，然而对"君子"概括出"一二三四"来的，是孔子对郑国贤相公孙侨（字子产）的评价："有君子之道四焉：其行己也恭，其事上也敬,其养民也惠,其使民也义。"

《论语》中见"君子"二字,多达一百零七次。归纳起来,主要指有道德的人和在高位的人。孔子在讲"君子"的标准时,有"泛指"(有道德的人),也有"特指"(在高位的人),他对公孙侨的评论,是"泛指"和"特指"的融合。为官者,能成为有德之官,是做人做官都做到家的"君子";为民者,纵布衣一生,粗茶淡饭,无职无位无权,一言一行有品有德,亦可为"君子"。

在孔子眼里,"君子"的社会地位可高可低,"高位君子"加上"平民君子",社会才会是安稳的。人人可以称为"君子",这对于社会上所有的成员来说,是一个很有意义的激励。

政者

季康子问:"仲由可使从政也欤?"子曰:"由也果,于从政乎何有!"曰:"赐也可使从政也欤?"曰:"赐也达,于从政乎何有!"曰:"求也可使从政也欤?"曰:"求也艺,于从政乎何有!"

《论语·雍也篇》载:

季康子问:"仲由可使从政也欤?"子曰:"由也果,于从政乎何有!"曰:"赐也可使从政也欤?"曰:"赐也达,于从政乎何有!"曰:"求也可使从政也欤?"曰:"求也艺,于从政乎何有!"

从季康子与孔子之间的这番对话中,可以看出三点:第一,在孔子眼里,能够治理政事者的基本素质,不必求全,

"果"、"达"、"艺"有其一便可；第二，孔子对自己弟子的长处看得十分清楚，对每个人的优点都看准了，因而他的有教无类思想得以施展，"因人而异"的教育方法也就有了根据；第三，"果"、"达"、"艺"这三点，对政治家来说相当重要，按此标准，一无是处者便不宜握权执柄了，否则，会贻害众百姓。

孔子看到了政治家更多的层面。什么样的人适宜为政，为政者的标准是什么？从根本上说，应该考虑的是天下百姓的利益。愿以天下百姓的利益为重，且能够做到以天下百姓的利益为重，还能够用恰当的方法和途径实现天下百姓的利益，是根本的选人标准。为政者，除了人要正派，还必须拥有一定的基本素质，孔子讲的"果"、"达"、"艺"，算是一种看法。随着时代的变化，"基本素质"的内涵在继承和发扬中，也在不断地补充和更新。添加什么，减舍什么，取决于为天下百姓谋利益的需要。

儒解

汝为君子儒，无为小人儒。

《论语·雍也篇》载：子谓子夏曰："汝为君子儒，无为小人儒。"孔子这十个字，告诉我们一个事实：在孔子心目中，"儒"不仅是分层次的，分等级的，而且"落差"甚大。大到什么程度？大到竟有"君子"、"小人"之别。在《论语》中，"君子"一词出现过一百零七次，"小人"一词出现过二十四次。何为小人？大部分指无德之人，个别时候是讲普通人，如"小人比而不周"、"小人喻于利"等。"儒"字在《论语》中共出现两次，均作"读书人"讲。"读书人"不等于"君子"，这是孔子要提醒弟子子夏的。

读书人要变成君子，须按君子的标准修炼磨砺，否则，只是个"小人儒"。君子有什么标准？孔子讲了多次，但并无统一标准，要用一两句话来概括，也不是件容易的事。弄清了君子的含义，然后再来理论"君子儒"，可能更准确些。做读书人是一回事，做什么样的读书人又是一回事。读书的效果，关键还要落到处世为人上。孔子要提醒弟子们的，正是这一点。由孔子之言，想到了这么一句名言："书生徒讲文理，不揣时势，未有不误人家国者。"这是赵翼在《廿二史札记》中说的。读书不是目的，"读书人"也不是一种职业。学以致用，学问要服务于社会和人民大众，这才是正道。

山水

> 知者乐水，仁者乐山；知者动，仁者静；知者乐，仁者寿。

《论语·雍也篇》中，孔子说了这么一段语意模糊的神秘而深沉的话："知者乐水，仁者乐山；知者动，仁者静；知者乐，仁者寿。"有人把"知者"翻译成"聪明人"，也有人把"知者"理解为"智者"，还有人干脆直接用"知者"原词，连着往下翻译和分析"乐山"、"乐水"的含义。在孔子心目中，"知者"和"仁者"是并列的，二者仅仅有所"差别"，还是有"高下"之分？

《韩诗外传》上对此有一番分析：问者曰："夫知者何以乐于水也？"曰："夫水者，缘理而行，不遗小间，似有智者；动而下之，似有礼者；蹈深不疑，似有勇者；漳洿而清，似知命者；历险致远，卒成不毁，似有德者。天地以成，群物以生，国家以宁，万物以平，品物以正，此知者所以乐以水也。"……问者曰："夫仁者何以乐于山也？"曰："夫山者，万民之所瞻仰也。草木生焉，万物植焉，飞鸟集焉，走兽休焉，四方益取与焉。出云道风，崷乎天地之间。天地以成，国家以宁，此仁者所以乐于山也。"

黄侃《论语义疏》中引用了陆特进的一番分析："此章极辨智仁之分，凡分为三段。自'智者乐水，仁者乐山'为第一，明智仁之性；又'智者动，仁者静'为第二，明智仁之用。先既有性，性必有用也；又'智者乐，仁者寿'为第三，明智仁之功已有用，用宜有功也。"这里，"知者"直接变成了"智者"，还是放在了对"知者"、"仁者"的"差别"上。

孔子谈论"知者"、"仁者"，似乎没有高下之分。在《论语》中，"仁"字出现了一百零九次，而"知"字出现了一百一十六次。《论语》中出现的"知"字，有时指知识，有时指知晓，有时指智慧。在某种程度上，孔子视"知"同"悟"。可以说，孔子并不会在"知者"和"仁者"之间厚此薄彼。问题的关键，是孔子想说什么？"知"和"仁"难道不可融于一人之身吗？"山"与"水"分得开吗？"乐"与"寿"不可兼得？孔子会不会是在讲两种好的素质的各自特点，而并不是讲孰优孰劣，更不是讲人要么只是"知者"要么只是"仁者"？

表白

盖有不知而作之者，我无是也。多闻，择其善者而从之；多见而识之；知之次也。

在《论语·述而篇》中，多个地方出现了孔子"自我介绍"式的"语录"：

子曰："述而不作，信而好古，窃比于我老彭。"
子曰："默而识之，学而不厌，诲人不倦，何有于我哉！"
子谓颜渊曰："用之则行，舍之则藏，惟我与尔有是夫！"
子曰："富而可求也，虽执鞭之士，吾亦为之。如不可求，从吾所好。"
子曰："我非生而知之者，好古，敏以求之者也。"

子曰:"饭疏食饮水,曲肱而枕之,乐亦在其中矣。不义而富且贵,于我如浮云。"

子曰:"二三子以我为隐乎?吾无隐乎尔。吾无行而不与二三子者,是丘也。"

子曰:"盖有不知而作之者,我无是也。多闻,择其善者而从之;多见而识之;知之次也。"

子曰:"文,莫吾犹人也。躬行君子,则吾未之有得。"

子曰:"若圣与仁,则吾岂敢?抑为之不厌,诲人不倦,则可谓云尔已矣。"

孔子如此"表白",除了说明他与他的弟子们之间能够坦诚交流,还印证了一点,那就是即使是孔子的弟子,对孔子的思想认知也有一定距离,以至于孔子还需向弟子们一番番地做"表白"。这又回到了《论语》的开篇那句"有朋自远方来,不亦乐乎"的话上,孔子的内心世界里,孤独的成分,始终是存在的。他的心灵深处,对四周始终有三分失望的情愫。

隐藏

> 天下有道则见,无道则隐。

《论语·泰伯篇》中,孔子说:"天下有道则见,无道则隐。"这两句话矛盾吗?"有道"是不是"行"的前提?"有道"这个前提存在,不仅要现身,而且可以接受委托的官职;"无道"呢?那就只有"隐"和"藏"了,隐其身而藏其才。

孔子不是隐者,尽管他对所处时代看不惯的东西很多,但他自己的梦想还没有泯灭,周游四方,一则是推广自己的主张,一则是寻找从政的机会。

孔子是思想家,头脑里确有一些不切实际的东西,如强烈的崇古意识和复古的愿望,但是,孔子也还是有现实性一面的。孔子对从政之途还抱有某种期待。在《论语·述而篇》中,孔子说:"用之则行,舍之则藏。"这里,"行"的东西,和"藏"的东西,应该是一致的。是政治之主张方略还是治国安邦之才干能力？恐怕都有。听到这样的话，也很容易让人去想"行"与"藏"的标准。一个原则问题回避不了：对政治之主张方略和治国安邦之才干能力，谁来用？用在什么地方？谁来舍？因何而舍？孔子给后人出了道难题。

和贵

礼之用，和为贵。先王之道斯为美。

《论语·学而篇》：有子曰："礼之用，和为贵。先王之道斯为美。小大由之，有所不行。知和而和，不以礼节之，亦不可行也。"

这段话，关键点是一个"和"字。《礼记·中庸》中讲："喜怒哀乐之未发谓之中，发而皆中节谓之和。""和为贵"，"知和而和"，这中间的"和"字，是作"恰当"讲，作"合度"讲，作"折中"讲，还是作"融合"讲？作"恰到好处"讲？

有子，是孔子的学生，姓有，名若，比孔子小许多岁，他这番话是何种情势下所讲，对谁所讲，由什么事引发而讲，今已不可知晓了。

春秋之时，人们把"礼"看得很重，一般而言，"礼"指礼仪、礼制、礼器、礼品等。《论语》中，"礼"字出现七十五次。孔子认为"仁"是第一位的，"礼"是第二位的（如《论语·八佾篇》中：人而不仁，如礼何？）。在孔子心目中，"仁"是内在的，处核心的地位，而"礼"是外在的，居非核心的地位。这里讲"礼"中之"和"，讲"和"与"礼"的互动关系，自然也会遵循孔子的思想范畴。

"知和而和"，有人解释为"为恰当而求恰当"，有人解释为"知道恰当而求恰当"，如果是这样的意思，又有什么错呢？批评人的这种追求，似乎于义理不顺畅。《论语》一书中，不少地方都有"前言不搭后语"之处，前、后、中间有明显的残缺痕迹，读"礼之用，和为贵。先王之道斯为美。小大由之，有所不行。知和而和，不以礼节之，亦不可行也"，总觉得其中有连不上的地方。"和"既是"结果"，也应是主观努力的目标。人主观上不去争取，不去营造，何来"和"的格局？

人距

君子周而不比，小人比而不周。

人和人之间，本不应有距离。

但是，人的品性不同，自然就生成了距离。

怎样准确观察到人的品性？《论语·为政篇》中讲：子曰："视其所以，观其所由，察其所安。人焉廋哉？人焉廋哉？"

《史记·魏世家》讲到了李克的观人方法："居视其所亲，富视其所与，达视其所举，穷视其所不为，贫视其所不取。"

在《论语》中孔子曾说："君子周而不比，小人比而不周。""周"是"团结"，"比"是"勾结"，这相同吗？

《论语》中还记述了孔子的另一句话："君子和而不同，小人同而不和。"除了这两处，孔子还多次讲到了"君子"与"小人"之别。"周"与"比"、"和"与"同"，是人际关系上的两个层面。孔子在这两个层面上，找出人与人之间的差距来，实在不凡。

因果

> 多闻阙疑，慎言其余，则寡尤；多见阙殆，慎行其余，则寡悔。言寡尤，行寡悔，禄在其中矣。

《论语·为政篇》：子张学干禄。子曰："多闻阙疑，慎言其余，则寡尤；多见阙殆，慎行其余，则寡悔。言寡尤，行寡悔，禄在其中矣。"这里，对"慎言其余"、"慎行其余"中的"余"字，如何理解尤为重要。将不好的部分"圈"起来，再说话做事，自然不容易出差错了。可是，分辨"疑"与"殆"并不是人人、时时、处处都能轻易掌握的。世界上许多事情，并不是可以用简单的"黑"与"白"、"好"与"坏"、"利"与"弊"一下子分清楚的。换句话说，人对事物的认识会有一个由浅入深、由表及里的过程，即使想完全重复过去的东西，也会遇到外在环境的变化，前后一模一样的东西是寻找不出来的。

晏殊《木兰花》中的"当时共我赏花人，点检如今无一半"，说的正是"物是人非"的冷酷与无情。世间的一切，无不在变化之中。变化，有巨变，有突变，也有渐变，更有潜变。凡事都要在清清楚楚之后再说、再去做，恐怕人难有大的创见、创举。"弄不明白的不说"、"没把握的事情不做"，理论上这么讲，没什么不对的。如果人们在开口说话之前和在动手做事之前，就能知道该说什么该做什么，岂不善哉！但是，现实生活中的事物，大都有多个层面，一因一果的少，而多因一果的多。且因果之间，变异亦是频繁。在不知"因"、不见"果"时要说话、做事，且说正确的话，做得当的事，自然不容易。这里，要想有所作为，关键是两条：一是凡事出于公心，说话办事，莫以私利己益为出发点和落脚点；二是把握趋势，那就是芸芸众生的根本和长远利益，人类进化的未来方向。

远近

> 学而时习之,不亦说乎?有朋自远方来,不亦乐乎?人不知而不愠,不亦君子乎?

《论语》开篇是这样一段话:"子曰:学而时习之,不亦说乎?有朋自远方来,不亦乐乎?人不知而不愠,不亦君子乎?"三层意思,最明了的是第一层和第三层,而第二层——"有朋自远方来,不亦乐乎",则似乎有些隐藏得极深的东西。

"朋",可讲是志同道合者,可讲是知己之人,可讲是弟子,亦可讲是故交。关键是一点,那就是"远"与"近"的问题。

孔子的学说,在他活着的时候并不显赫,甚至是不受欢迎。在一个礼崩乐坏的年月里,他所倡导的"仁",与当时的执政者的势利相去甚远。孔子做着"知其不可而为之"的事情，在一些人看来，算是"不识时务"。他办私学，收徒弟，整理古文献，周游列国，日子过得并不悠然，亦不如愿。他徒抱大志，仕途不顺，生计艰难。

在其内心世界里，一直有一堵孤独的"墙"。这"墙"，隔着外界，也隔着他自己。孔子"知我者其天乎"的叹息，是对这堵"墙"的存在的一种无奈的表示。他盼着"仁"能覆盖苍天之下的一切社会人际，更梦想着世人能用共鸣震坍这堵"墙"，让他的学说成为人所共知共享的常识。"朋"，是孔子的希望，是孔子的期待，更是孔子的理想。南怀瑾先生在讲述这一段时，也在"远"字上下功夫，从空间上的"远"，讲到了时间上的"远"，实在是透彻之见。

《易经》中有"君子居其室，出其言善，则千里之外应之，况其迩者乎"之句。确确实实，时空上的"远"与"近"，真的无法用常见的尺度衡量。

天则

> 君子有三畏：畏天命、畏大人、畏圣人之言。小人不知天命而不畏也，狎大人、侮圣人之言。

《论语》中孔子讲"命"，直接讲到了三处共五次。这三处是：

一、"亡之，命矣夫！斯人也而有斯疾也！"（《论语·雍也篇》）

二、"道之将行也欤，命也；道之将废也欤，命也。公伯寮其如命何！"（《论语·宪问篇》）

三、"不知命，无以为君子也。"（《论语·尧曰篇》）

孔子是不信神鬼的思想家。他讲的"命"，绝非宿命论者对"命"字所指的范畴。往深处去看，他讲的其实是客观规律，是自然或社会法则这种不可抗拒的东西。

《左传》中载：楚昭王病重，拒绝祭神，孔子称赞楚昭王

"知大道"。孔子还讲到过"天命",即"五十而知天命"(《论语·为政篇》),"君子有三畏:畏天命、畏大人、畏圣人之言。小人不知天命而不畏也,狎大人、侮圣人之言"(《论语·季氏篇》)。

这里讲的"天命",依然不可视之为主观唯心的鬼神之力量,而是自然或社会之法则。"五十而知天命",既含有知道人之生死自然规律的意思,又含有对更替兴衰之社会法则的认知。君子"畏天命",不是怕神、怕鬼,而是知道在个人之外,还有更强大的自然和社会法则之存在。

兴败

举直错诸枉,则民服;举枉错诸直,则民不服。

《论语·为政篇》:哀公问曰:"何为则民服?"孔子对曰:"举直错诸枉,则民服;举枉错诸直,则民不服。"

作为春秋时期鲁国末代君主,鲁哀公(姓姬,名蒋。公元前494—公元前468年在位)向孔子提出了一个天大的问题:怎样赢得百姓之心?孔子没有劝其用"刑法",也没有劝其用"衣食",而是劝其起用正直人,废弃奸邪之辈。

"德主刑辅",一直是孔孟所主张的。实现天下太平,百姓安居乐业,关键要有治国安邦的人才。正直而又有能力的人有了权,可为人民谋福利;奸邪的有能力或无能力的人有了权,则会残害人民。所以,用什么人,不用什么人,实在是执政之要。说孔子是教育家,是思想家,这没错。但是,凭此真知灼见,可以说,孔子也是政治家。历朝历代,兴兴衰衰,胜胜败败,故事连绵。其兴在人,其败也在人。用人得当,可以转危为安;用人不当,盛世亦可以成为末世乱局。

家国

《书》云:"孝乎惟孝,友于兄弟,施于有政。"

《论语·为政篇》:或谓孔子曰:"子奚不为政?"子曰:"《书》云:'孝乎惟孝,友于兄弟,施于有政。'是亦为政,奚其为为政?"孔子虽被人问到了隐痛处,但他回答得甚是超脱。应答虽短,乃是石破天惊之语:"政"在微处,"政"在斗室之中。孔子把"家"与"国"的内在关联揭示出来,拉近了普通人与政治家的距离,也使人懂得了"做人"与"做官"之间的共通之处。

国家兴亡,匹夫有责;国家兴亡,匹夫有份。政治舞台上,非只有居官之人,更包括了每一个普通人。孝敬父母,尊爱兄弟,既是这基本素质的显现方式,更是整个社会政治生活中的重要内容。孔子这番话,对每个来到世界上的人来讲,千万要好好、细细体味。"家是最小国,国是千万家"。

再普通的人，只要拥有这些基本素质，能从身边的柴米油盐生活中，悟知"大政"之根由、走向，就会活出一番大气洒脱的模样来，即使布衣一生，也无怨无悔，乐在其中。这也正是齐家治国平天下的同理之处。

数解

事君数，斯辱矣；朋友数，斯疏矣。

《论语·里仁篇》中，有一段话，猛一看，让人蒙头蒙脑——子游曰："事君数，斯辱矣；朋友数，斯疏矣。"

这里，存在分歧较大的是对"数"的理解。

杨伯峻先生《论语译注》中这样解释：子游说："对待君主过于烦琐，就会招致侮辱；对待朋友过于烦琐，就会反被疏远。"这里，"数"当"过于烦琐"讲。

金良年先生《论语译注》中这样解释：子游说："事奉君主过于性急会招致耻辱，结交友人过于性急会遭到疏远。"这里，"数"当"过于性急"讲。

武惠华先生《白话论语》中这样解释：子游说："事奉君主过分亲密，就会招致侮辱；结交朋友过分亲密，彼此就会疏远。"这里，"数"当"过分亲密"讲。

此外，在程树德先生《论语集释》中，还记载了历史上多位学者对"数"的另类注解，其中可琢磨的有：

一、"数，世主反。谓数己之功劳也。"

二、"言数，计数也。君臣计数，必致危辱；朋友计数，必致疏绝也。"

三、"数，烦数也。"

四、"僭，数也。""僭，不信也。"

五、"数，面数其过也。"

六、"数，责其罪也。"

一个"数"字，引得"数不清"的理解，本身并不奇怪，因为今人与古人时差太大，心距亦不小。古人留下的"古言古语"，今人翻来覆去地研读，横看纵观地品味，难免七长八短，甚至南辕北辙。问题的关键，是谁的理解更接近本原。

话说到这里，也该结尾了：事君处，学问甚大，何由受辱变疏，有火候艺术问题，更有是非曲直问题。若是火候艺术问题，那要尽可能免辱避疏；若是是非曲直问题，那就当辱不惧，当疏不怕了。

贫富

> 饭疏食饮水，曲肱而枕之，乐亦在其中矣。不义而富且贵，于我如浮云。

有一种看法，说孔子是主张贫穷的，很值得商榷。

是这样吗？还是听听孔子的原话吧：

在《论语·里仁篇》中，孔子说："富与贵，是人之所欲也；不以其道得之，不处也。贫与贱，是人之所恶也；不以其道得之，不去也。君子去仁，恶乎成名？君子无终食之间违仁，造次必于是，颠沛必于是。"

在《论语·述而篇》中，孔子说："饭疏食饮水，曲肱而枕之，乐亦在其中矣。不义而富且贵，于我如浮云。"

在《论语·泰伯篇》中，孔子说过："邦有道，贫且贱焉，耻也；邦无道，富且贵焉，耻也。"

在《论语·宪问篇》中，孔子说："邦有道，谷；邦无道，谷，耻也。"

　　我们来看看，孔子到底说的是什么样的"贫"与"富"。"安贫乐道"，这或许是对孔子思想的一种概括。但纵观《论语》，可以看出孔子是不主张贫穷的，他主张的是秩序井然、从仁合礼的富裕生活。如果万不得已，非"贫"不可，那么宁可"贫"也不放弃"仁"、"道"、"义"这些更重要的东西。"富与贵，是人之所欲也"，"贫与贱，是人之所恶也"。这里，孔子再清楚不过地点透了人们的共同愿望。孔子是明白的，他并不糊涂。他知道人们喜好什么，讨厌什么。但他想提醒人们，不要为了这种好恶，而丢掉做人的基本原则。这基本原则，恰是社会安稳发达的根本所在。

门徒

> 仰之弥高,钻之弥坚。瞻之在前,忽焉在后。夫子循循然善诱人,博我以文,约我以礼,欲罢不能。

孔子的门徒中,颜渊甚得老师欢心。孔子夸赞颜渊,看出了颜渊的长处所在。实际上,师生俩的心灵是互动的,只看到孔子喜欢颜渊这一层,还不全面。颜渊对老师的看法,也影响着两人间的情感纽带和思想纽带。

《论语·子罕篇》载,颜渊喟然叹曰:"仰之弥高,钻之弥坚。瞻之在前,忽焉在后。夫子循循然善诱人,博我以文,约我以礼,欲罢不能。既竭吾才,如有所立卓尔。虽欲从之,未由也已。"一个学生,如此敬佩、赞颂自己的老师,这个高度是十分罕见的。孔子的伟大,首先是在弟子心目中的伟大。他的弟子将其日常所言所语记下来,掂出轻重。如果对老师的思想理解不深,《论语》恐也难以有今日的影响力。颜渊是孔门众弟子的一个代表。颜渊的感受,代表着孔门众弟子的感受,他又是众弟子中与孔子心灵上最近的人。

颜渊对孔子的评价,是真诚的。孔子对这个弟子的看法,从某种程度上说,是必然的共鸣和折射。

岁寒

> 岁寒，然后知松柏之后凋也。

孔子是大师，也是普通人。偶尔，他也流露出一丝悲观情绪。《论语·子罕篇》中，孔子曾言："凤鸟不至，河不出图，吾已矣夫！"

孔子的超凡脱俗，不会是无限度的。在时代大转弯的日子里，面对旧的制度和政治结构的变化，饱受冷遇和嘲笑，孔子的失落感是明显的。从整体上讲，孔子并不悲观。但某一时刻，产生些许悲观情绪，是可能的，难以避免的。孔子始终无法舍弃的，是特殊的复古思想，他以周公为榜样，产生了一种莫名而永恒的自我激励。

《论语·子罕篇》还有一句孔子的名言："岁寒，然后知松柏之后凋也。"孔子不能失去精神上的支撑，魂牵梦萦的理想境界，使他面对时人的冷嘲热讽，构筑起一道牢固的挡风遮雨的屏障。在这屏障后面,孔子和他的众弟子,建立了自我心理上的平衡机制,面对世态的炎凉和冲击,依然故我,乐在其中。偶尔的惆怅,像雾一样轻淡,只占了他们精神世界的一个边角。

道论

人能弘道,非道弘人。

《论语·卫灵公篇》写道:子曰:"人能弘道,非道弘人。"郑皓先生的《论语集注述要》讲:"此章最不烦解而最可疑。"杨伯峻先生在《论语译注》中注释道:"这一章只能就字面来翻译,孔子的真意何在,又如何叫作'非道弘人',很难体会。"

读这一章,让人联想起《老子》中"道可道也,非恒道也"之句,顿觉一种莫测的高深。人寿百载,物竞天择。道中之人,人中之道。"说透"与"说破",都不重要。重要的是人要有自知之明。"人"与"道"之间,究竟是一种什么样的因果关系?人的作为和道的作为,互动的内在纽带是什么?

孔子所言,触及了这两大问题,却似乎只是"半句话"。

类似的"半句话",在《论语》中还有一些,但都不似此章这么玄虚。孔子的言论,大多并不生涩,翻译起来也不困难,但也有一些章句,给各种推测留下了较大空间,"人能弘道,非道弘人"就是其一。

困境

> 天之将丧斯文也,后死者不得与于斯文也;天之未丧斯文也,匡人其如予何?

《论语·子罕篇》载:子畏于匡,曰:"文王既没,文不在兹乎?天之将丧斯文也,后死者不得与于斯文也;天之未丧斯文也,匡人其如予何?"

《史记·孔子世家》中讲,孔子自卫国去陈国,路过匡城(今河南省长垣县西南十五公里处)。匡城人曾经受过鲁国人阳货的掠夺和残害,因而非常恨他。孔子过匡城,匡城人看着孔子很像阳货,便囚禁了孔子,"拘焉五日"。

孔子这次遭难,起自误会,是匡城人误将他当成了阳货。颠沛流离,是孔子生活的特征。孔子在匡城讲的这番话,是针对匡城里的人讲的,也是针对匡城之外的人讲的。弟子中有人将其记录下来,算是豪言壮语,也算是牢骚话。处于礼乐崩乱的时代,孔子看不惯的东西很不少,他对孜孜追求的东西,越到危困境地,越是念念不忘。

禄源

言寡尤，行寡悔，禄在其中矣。

在《论语·为政篇》中，子张向孔子询问求富裕得俸禄的方法和要领。孔子的回答是："多闻阙疑，慎言其余，则寡尤；多见阙殆，慎行其余，则寡悔。言寡尤，行寡悔，禄在其中矣。"

子张何人？孔子弟子颛孙师也，陈国人，比孔子小四十八岁。如此悬殊的年龄，在师徒之间，又讨论了如此"敏感"的一个问题，孔子怎么说，说什么，实在让人想竖耳细听。

"多听少说"，似乎只是表面的一层意思。孔子讲的重点，不是"量"的问题，而是"质"的问题。"阙疑"与"阙殆"，指的是没弄清楚的问题和易出毛病的事情，分辨出什么问题没弄清，什么事情易出毛病，这是最难的。完成了第一步，

"慎言其余"，"慎行其余"，那就容易了。至于"寡尤"、"寡悔"，则只是结果了。

孔子绝不是讲投机主义。躲避问题和矛盾，不会是孔子的本意。无论何人，为谋官位而谋官位，为保食禄而保食禄，是耻辱的。

相信孔子所讲的"阙疑"、"阙殆"，一定是对大众有可能产生危害的东西，而不仅是从于己有利有害角度考虑。"禄在其中"，这自然是做出了利国利民选择之后的"结果"了。

三木

成事不说，遂事不谏，既往不咎。

《论语·八佾篇》中，有这么一段：

> 哀公问社于宰我，宰我对曰："夏后氏以松，殷人以柏，周人以栗，曰：'使民战栗'。"子闻之，曰："成事不说，遂事不谏，既往不咎。"

社，指土神。古代祭祀土神，要立一个木制的牌位，叫社主。这一木牌，也就成为神灵的象征了。松、柏、栗，都是比较坚硬的木头。夏代、商代、周代，分别选择了三种木头做社主，对于礼崩乐坏的春秋时期来讲，似乎是在摆"古董"。从宰我的话中，也看出他在责怪用"栗"的周代。

孔子的"三不政策"很值得寻味。他这"三不政策"，收在《论语》中，一定是有所简化了。当时讲的一定比较丰富，且有更强的针对性。不责备古人，这一境界是高的。古人做事，对与错，功与过，已成历史。对那段历史负责的，还是古人自己。作为后人以及后人的后人，对历史负责，就是以自己的言行，向自己对应的历史负责。历史的本原，也就在这里。每一代人，对应的都是一段特殊的历史时段。孔子作为思想家，看问题是深刻的。借助松、柏、栗这三种木头，孔子讲的是宽泛的道理。孔子这里不是"和稀泥"，不是要人们不讲原则，而是提倡人们要向前看，把精力和注意力放在正在做、将要做的事情上。一些事情过去了，一些事情无法挽救了，一些过错已经发生了，怎么办？向前看——孔子此处讲的要紧的东西，就是这三个字。

义理

> 君子之于天下也，无适也，无莫也，义之与比。

《论语·里仁篇》载：子曰："君子之于天下也，无适也，无莫也，义之与比。"

对这句话，会有两种理解，一种是不要墨守成规。孔子是很讲规矩的，很讲礼数、次序的，但孔子这里却破例地讲了不要墨守成规，做事要随"义"而变。当然，还有另外一种解释，源于对"无适"、"无莫"这四个字的不同认识。"适"者何义？"莫"者何解？"适"为"应该"吗？"莫"为"不该"吗？学者中有人把这句话理解为不讲亲疏厚薄，意思是君子做事，为的是天下人的利益，不讲究亲疏厚薄，一切以义理为准，合之则可，不合之则否。

两种理解，有各自的视角，各自的侧重。原本无亲无疏，但可随"义"而亲疏;不讲规矩,但可随"义"而定规矩。其落脚点,还在"义"字上。这个"义",不是空洞的东西,而应是天下大众的利益,是人间正道。

职位

> 不患无位，患所以立。不患莫己知，求为可知也。

在《论语·里仁篇》中，孔子讲："不患无位，患所以立。不患莫己知，求为可知也。"

"位"者何来？或言"上面任用的"，或言"下面推举的"。孔子看见的，不只是这些，而是讲为官者的任职本领、才智水平。古今中外，官场上不乏出色的人物，也不乏昏庸腐败之辈。职当其人，国幸民幸己幸；职不当其人，误国误民误己。官者，调理众人利益的人。众多人的利益，交给某个人、某些人去支配、管理，公平与否，得当与否，不仅取决于为官者是否有公心，还取决于为官者是否有能力。历史上一些不被公众认可的官吏，不见得是心黑，不见得就是私心很重的人，而相当一部分，是好心办坏事，是出于公心但方法不当、能力有限办不好事而没有让公众满意。

官与政密不可分，选有能力又有公心的人为官，就会政治清明，就会政绩卓著。如果不是这样，选贪人为官，选庸才为官，就必然会政衰民疲，落下骂名。缺乏公心的人，不在官位，对社会也产生危害，但危害有限，一旦放在了官位上，那就出大麻烦了。有公心而无能力者，不在官位，无为而已，而居官位，就可能耽误公众的大事业。只有有公心又有能力者，才能让公众信赖，才能不负众托众望，成为兴国济民之栋梁。

德邻

德不孤，必有邻。

在《论语·里仁篇》中，孔子讲了一句至理名言："德不孤，必有邻。"

《易经》中有"方以类聚，物以群分"之语，俗话中说的是"物以类聚，人以群分"。不管怎么讲，都是说不同的物和不同的人，会出现一种必然的"组合"。

有人讲，看一个人如何，不必见本人，见见他的朋友就可知道。孔子讲的"德不孤"，是一种高尚的思想境界，一则以自励自勉，一则以阐述哲理。"得道多助，失道寡助"，这个道理，是从另一层面讲的，可谓异曲同工。人世间，正义的东西早晚会立起来；美好的东西，总是众人的选择。若非如此，人类早就灭绝了。支撑人类的，绝不是无德无道的东西，不是尔虞我诈的东西，不是黑白颠倒的东西，而是有德有义的东西,是互信互利的东西,是大是大非分明的东西。

"德不孤,必有邻。"只要坚信此理,践行此道,何愁无友无朋,何愁没有生存、发展之空间。人如此,国亦如此!

唐棣

仁远乎哉？我欲仁，斯仁至矣。

《论语·子罕篇》载："唐棣之华，偏其反而。岂不尔思？室是远而。子曰：未之思也，夫何远之有？"唐棣，即棠棣，古书上记载的一种植物。对这段引用古诗句又加上孔子语的记述，后人读起来颇费思量。很显然，孔子是想借植物花朵迎风摇摆说点什么。

对于"岂不尔思？室是远而"，孔子的评价是"未之思也，夫何远之有？"在两者之间，实现了某种"转换"。《诗经·小雅》中有"棠棣之华，鄂不韡韡"之句，意为棠棣之花多美艳呀，花萼花蒂紧相连。

作为古诗，以唐棣花喻比的，可能是亲人间的情感交流，甚至可能是恋人间的爱情表达。而孔子延伸的东西，则会是另一种境界的追求，即"仁德"之类的东西了。在《论语·述而篇》中,孔子曾说过:"仁远乎哉?我欲仁,斯仁至矣。"孔子借古诗,强化一种理念:大道不远,关键看是否努力,美好的东西,其实呼之即来。

益损

> 益者三友，损者三友。友直，友谅，友多闻，益矣。友便辟，友善柔，友便佞，损矣。

《论语·季氏篇》中，孔子讲到了"朋友"问题。孔子原话是："益者三友，损者三友。友直，友谅，友多闻，益矣。友便辟，友善柔，友便佞，损矣。"

将朋友分为两类，即有益的朋友、有害的朋友，是孔子对后人的一种重要的提醒。

"交友不慎"这个评价，时常听得到，也时常有人为此付出代价。人生活于世，不可能与世隔绝，不可能使自己进入世外桃源，而与什么人交往，与什么人合作，于己于世有益还是有害，至关重要。对成功者而言，可能促其成功的因素很多，但仔细分析，良好的人际关系一定起了较重要的作用。人际关系，不外乎上下左右之间。对失败者而言，可能促其败的因素也很多，但"失助"往往是失败的原因之一。

"得道多助，失道寡助"，这是一条公认的定律。"益者三友"会向"得道者"靠拢，而"损者三友"会向"失道者"靠拢。这一切，似乎成为不可抗拒之力量。"得道者"，得人心，得人才，得人气。这人才中，少不了直爽直言之友，少不了宽谅仁厚之友，少不了知识渊博之友。"失道者"，失人心，失人才，失人气。这失人才，落到具体处，就是周围尽是邪门歪道之徒，鸡鸣狗盗之徒，尔虞我诈之徒。谈朋友"益"与"损"的问题，离开了人道、公道，恐怕会过于简单化，甚至会片面化。

智者

> 学如不及,犹恐失之。

《论语·泰伯篇》中,孔子说了一句看似简单而不简单的话:"学如不及,犹恐失之。"

用"怕这怕那"来分析这句话,很是妥帖。先怕赶不上,后又怕得而复失。提醒读书做学问的人,敲两声警钟,意味很是深刻。世人的学问修养,是有差异的。分工不同,不能也不需要人人有同样的"学问"。"三百六十行,行行出状元",讲的是各行各业都有自己的学问,各行各业都有自己的智者。

形成追寻渴求知识的社会氛围,是人类历史演进的内在动力源之一。若没有这一动力源,先进无法替代落后,文明也无法替代愚昧。学问这东西,对个人而言,不是随心所欲的,不是呼之即来的,而是扎扎实实学习研究积累起来的。

有学问不等于学问永远属于你自己，今日有学问不等于永远有学问，这便是孔子要告诫人们的真理。

学问是要更新的，学问也是"长腿"的东西，不小心会跑掉的。要让学问留在自己身边，须时时有危机意识，须时时不忘学习。一个人，一个团体，一个民族，乃至一个国家，丢掉了一些金银财宝不要紧，而丢掉了不断更新的学问，必然要丢掉进化的功能，也必然会付出惨痛的代价。

后记

史街并非平坦，坎坎坷坷中穿越不同的"地形"，曲曲折折中走过不同的生产力发展和文化升进交融阶段，也形成了不同的时代背景。在这时代背景中，每个人的品性、智慧、才能会有不同的"表现机遇"，同时也就会有不同的际遇感受和作为。感受的东西可能会变成文字，凝固在文章、著述中，而有作为的东西，会被史学家和后人收集起来，变成一种"史实"和"评价"。后人在看某一时期某一人物的言论和行为时，常有一些不解或疑惑："他为什么会这样讲"、"怎么可能做出这样的事"……人们的注意力，相当多的时候只是停留在孤立的人和事上，而容易忽视人和事附着的时代背景。"地形"不同，人在史街上的际遇也不同，因而人的品性、智慧、才能发挥和展示的条件也不同。忘记这种差异，就不容易把握人物主观、客观上的复杂的一面，也就会在视角上失准、失实。"纯的东西"，在历史上从不存在。然而，人们时常自以为看到了"纯的东西"。这说明了"视力"的局限，也隐含了人类的一种病痛：在说那里"是什么"的时候，只能凭"总体"来判断，"不得不"甚至"不能不"去下结论,"大红大绿"的东西里含的"小蓝"、"小白"、"小黄"、"小黑"等等往往就不见了。辩证地看人论事,做到了,做好了,也并不容易。

唯物史观,必须坚持。古人的一言一行,不可纯粹地去听和看,离开了时代的背景,离开了特定阶段的经济、社会、文化发展水平的"底版",恐怕会失真失色很多。评价一个人,评论一件事,"时人看"与"后人看",有时差异不小。不少于当世有小益的选择,于后世可能有大害。做出于当世有益而又于后世有大益的选择,真正成为一种境界,可成为值得后人赞颂的人生追求。千年之过程,于史街,不过眨眼之间,而于万千百姓,却是年年月月,日日夜夜,甘甘苦苦,一粒一滴。于是,又不可冷漠视之,而当于冷静中蕴藏厚爱深情。就历史人物研究而言,聚焦大成大败、大起大落、有争有议、有毁有誉的人物,往往于寻长索短间接近人物的原本,也常常使后人得到人生的醒悟。兼有正反两面的人物,从经验教训的角度来看,比相对单面的人物显然厚重得多。因其人生的复杂程度,其心灵深处藏掖的东西亦比较难以察觉。所以,能探得某种收获,已算相当珍贵。

面对史街,处于某一时代的人,既无法回到事实之始点,又无法认知其终点,站在超脱而又有局限的时点上,说明白、看清楚很是困难。

世上物品，可产于不同工匠之手、不同工厂车间、不同国别地域，有差异，但总可找尽差异。世上文化，可言可书之文化、不可言不可书之文化，其诸多生成元素往往无法尽知尽晓。品味欣赏的眼力、听力又无法一致无别。文化之斑斓璀璨魅力，是否源于此？杜甫、李白的诗句，一行一字算来，总可穷尽；然而，古今中外的读者心中，感受千般万般，谁人可数算得出？世间文化，由里及外，由外而里，第一复杂。由文化到文化人，也简单不了。世上财富，若少了文化，少了文化人，少了众人心中的文化感受、感觉、感悟，岂不损失大半？

"飘风不终朝，骤雨不终日。"史街上，阳光灿烂的日子，总是居多。这是人类努力之结果，也是人类繁衍发展之必需环境。这使我们能够保持足够的乐观。与此同时，我们也要看到，史街是变化多端的，史街上也不时闪过一些悲剧。史街如河，这河时宽时窄，时直时弯，时缓时急；河面上的天空，时晴时阴，时雨时雾。

在这如河般的史街上行走不易，匆匆忙忙中，人们需要应对应付的东西太多，因而悟出行走的经验亦难。这中间，总有些人，忍受了一时的孤寂，放弃了一些"时利"，思久远，谋长益，因而于千百年后仍可赢得非同寻常的芸芸众生的追想。

论诸子百家生活的年月，"华衣"者何，"美食"者何，"车马"者何，"家用"者何？然简陋中燃烧出的思想火花，千百年来不熄不灭。山林野池间，碧溪江畔里，孔子、老子、孟子、荀子、墨子、庄子……谈天论地，说道论德，讲仁话义，"一瓢饮"间所见，令繁华都市中享用一切现代生活的人猜想其奥秘而不能全知全悟全获。以"坐守陋室，蓬蒿没户，而志意常充然，有若囊括于天地者"的精神境界，先贤之人生收获，实在无法用物质多寡衡量。当初"简约"的生活，是不是思天想地、解世悟道的最佳摇篮？换句话说，人是否只有在除去了包裹在身上的诸多外物之后，才能找寻到距人生真谛最近的视点？

比如孔子。对身处的动荡时代，孔子无法选择，亦无法回避。这其实是他痛苦之源。孔子在那个时代是孤独的，尽管他有为数可观的弟子伴随左右，且对他尊敬有加，但他的内心深处，仍隐藏着无法言喻的失落和忧愁。《论语》的广为传播，使孔子渐渐走出了孤独，但至今孔子的思想，仍处于融会于世的过程之中。孔子的孤独，是一时的孤独，而其所期待的众多知音，竟在他的身后。从孔子，想到了更多的曾徜徉史街上的古人。作为后人，我们的知既有限又无限。知其一算知，知其二也算知。要知得更多，"数"越大越难，甚至永远无法尽知。这成史学家的困惑，也见史学的奥深。

"执古之道，以御今之有。能知古始，是谓道纪。"老子也讲过古为今用，虽然他将史与道紧紧连在一起，但"御今之有"的思想依然闪烁着启迪后人的光芒。在史街上产生回响的东西，相当一些曾经高高扬起过，对某一时期、时代产生过暴风骤雨般的激荡，也还有一些从问世至今一直沉寂着，藏于锈锁紧扣的"铁皮箱"中，待后人打开和识别。最重要的东西，有时候往往最不易觉察。人们兴致甚浓地收获的，或许只是轻飘飘的花叶，而沉甸甸的果实尚在树枝高处。

走在史街上，多数人行色匆匆，直奔远处，只有少数人，能偶尔回头一望。在这一瞬间，听见时空交错音符的人更是稀罕。大音希声，大象无形。"有声"、"有形"的东西易听易见，而"大声"、"大形"的东西，往往掩潜于平淡无奇的岁月旧痕里不被识别。

该留的留不住，该去的却逝不了，这是历史进化中的迂回现象。对此，亦不必悲观视之，因为从总的趋势讲，历史演进的主流，一定是积极而正面的力量，而消极负面的东西，总是左右带过的支流。看清历史演进的主流和支流，就能够于些许失望和怅然中，拥有更有价值的发现，找见真正"大声"、"大形"的东西。

史街上，有看得见的昔日岁月的足迹和印记，有听得见的故往的人和事的音律。……史街上的瞬间画面，往往是平面而宽泛的，而纵向的东西，蕴涵得较深。背后的一切，在当时一般看得不太清楚。这是时人的悲哀，却是史学家的幸运。

有时候，在时空里已经走远的人和事，会让人觉得就在眼前；有时候，躺下的古人会被人想到而突然"站起"，引来一阵响声；有时候，活着的人们会因看见了史街上某个晃动的影子，而怦然心动……

"问史"不是收敛心绪，而是放飞心绪。根据闻与见的一切，换一种视角和心路，去再看、再思。

历史，像地壳的"土层"、"岩层"、"水层"，层层叠叠，起起伏伏。个人，如这中间的一粒泥沙、一滴水，局限其中，又幸在其内：能够努力认识世界，可谓伟大；而有限的生命中无法尽知世界，又显得渺小……

走在史街上，有时会有这样的体验：沉甸甸的东西，倏忽间变得轻飘飘的；不觉分量的东西，转眼间变得拿不起、放不下。"看一时"、"看一事"与"看一世"、"看许久"、"看恒久"会让人懂得有限和无限的差异。

图书在版编目（CIP）数据

史街拾墨 / 庹震著 . -- 3 版 . -- 北京：新星出版社, 2024.6
ISBN 978-7-5133-5554-4

Ⅰ.①史… Ⅱ.①庹… Ⅲ.①随笔 - 作品集 - 中国 - 当代 Ⅳ.① I267.1

中国国家版本馆 CIP 数据核字 (2024) 第 010879 号

史街拾墨

庹震 著

责任编辑 林 琳
责任校对 刘 义
装帧设计 冷暖儿
责任印制 李珊珊

出 版 人 马汝军
出版发行 新星出版社
（北京市西城区车公庄大街丙 3 号楼 8001　100044）
网　　址 www.newstarpress.com
法律顾问 北京市岳成律师事务所
印　　刷 北京天恒嘉业印刷有限公司
开　　本 787mm×1092mm　1/32
印　　张 8.625
字　　数 144 千字
版　　次 2024 年 6 月第 3 版　　2024 年 6 月第 1 次印刷
书　　号 ISBN 978-7-5133-5554-4
定　　价 58.00 元

版权专有，侵权必究。如有印装错误，请与出版社联系。
总机：010-88310888　　传真：010-65270449　　销售中心：010-88310811